Livro das sombras

Obras da autora publicadas pela Editora Record:

Série **Amada imortal**
Amada imortal
Cair das trevas
Inimigo sombrio

Série **Coven**
Livro das sombras

CATE TIERNAN

coven
LIVRO 01

Tradução de
RACHEL AGAVINO

1ª edição

— **Galera** —
RIO DE JANEIRO

2015

CIP-BRASIL. CATALOGAÇÃO NA PUBLICAÇÃO
SINDICATO NACIONAL DOS EDITORES DE LIVROS, RJ

T443L   Tiernan, Cate
Livro das sombras / Cate Tiernan; tradução Rachel Agavino. – 1ª. ed. –
Rio de Janeiro: Galera Record, 2015.
(Coven; 1)

Tradução de: Book of Shadows
ISBN 978-85-01-09629-6

1. Ficção americana. I. Agavino, Rachel. II. Título. III. Série.

14-13269
CDD: 813
CDU: 821.111(73)-3

Título original em inglês:
SWEEP: BOOK OF SHADOWS

Copyright © 2001 17th Street Productions, an Alloy Company
and Gabrielle Charbonett

Publicado mediante acordo com Rights People, London.

Todos os direitos reservados. Proibida a reprodução, no todo ou em parte, através de quaisquer meios. Os direitos morais do autor foram assegurados.

Texto revisado segundo o novo Acordo Ortográfico da Língua Portuguesa.

Design de capa: Marília Bruno

Direitos exclusivos de publicação em língua portuguesa somente para o Brasil adquiridos pela
EDITORA RECORD LTDA.
Rua Argentina 171 – Rio de Janeiro, RJ – 20921-380 – Tel.: 2585-2000, que se reserva a propriedade literária desta tradução.

Impresso no Brasil

ISBN 978-85-01-09629-6

Seja um leitor preferencial Record.
Cadastre-se e receba informações sobre
nossos lançamentos e nossas promoções.

Atendimento e venda direta ao leitor
mdireto@record.com.br ou (21) 2585-2002.

Com amor, para os alicerces da minha vida,
Christine e Marielle.

1

Cal Blaire

"Tome cuidado com o mago e trate-o bem, pois ele tem poderes além de sua alçada."

— FEITICEIRAS, BRUXAS E MAGOS,
Altus Polydarmus, 1618

Daqui a alguns anos, olharei para trás e me lembrarei deste dia como o dia em que o conheci. Olharei para trás e me lembrarei do exato momento em que ele começou a fazer parte da minha vida. Vou me lembrar disso para sempre.

Eu vestia jeans e uma camiseta de *tie-dye* verde. Minha melhor amiga, Bree Warren, chegou com uma bata e uma longa saia preta que descia até as unhas de seus pés, pintadas de violeta. É claro que ela estava linda e elegante.

— Oi, ex-caloura — cumprimentou-me com um abraço, embora eu a tivesse visto no dia anterior.

— Vejo você na aula de cálculo — falei para Janice Yutoh, então fui me juntar a Bree, que já estava descendo a escadaria da frente da escola.

— Está calor — disse para ela. — Normalmente é frio no primeiro dia de aula.

Ainda não eram nem oito e meia, mas o sol do início de setembro brilhava com fulgor e o ar estava úmido e abafado. Apesar do tempo, eu me sentia animada, cheia de expectativa: um novo ano letivo estava começando e finalmente não éramos mais calouras.

— Talvez em Yukon — sugeriu Bree. — Você está ótima.

— Obrigada — falei, admirando sua diplomacia. — Você também.

Bree parece uma modelo. Ela é alta, tem 1,75m e um corpo que a maioria das garotas precisaria se matar de fome para manter, só que Bree come de tudo e acha que dieta é para lêmures. Tem o cabelo castanho-escuro e geralmente costuma ir a Manhattan cortá-lo, de forma que ele cai em perfeitas ondas despenteadas até a base de seu pescoço. Aonde quer que vamos, as pessoas se viram para olhar para ela.

O fato é que Bree sabe que é linda, e gosta disso. Ela não rejeita elogios com falsa modéstia, não reclama de sua aparência e nem finge que não sabe sobre o que as pessoas estão falando. Mas também não é convencida. Ela simplesmente aceita a aparência que tem e acha isso legal.

Bree lança um olhar por cima do meu ombro na direção da Escola Widow's Vale. Suas paredes de tijolos vermelhos e altas janelas palacianas entregam sua antiga função de corte judicial da cidade.

— Não pintaram o madeiramento — comenta Bree. — De novo.

— Não. Ai, meu Deus, olhe a Raven Meltzer — exclamei. — Ela fez uma tatuagem.

Raven está no terceiro ano e é a garota mais radical da nossa escola. Ela tem cabelos tingidos de preto, sete piercings espalhados pelo corpo (pelo menos que se possa ver) e agora um círculo de chamas tatuado em volta do umbigo. É uma figura incrível de se olhar, pelo menos para mim, uma Garota Normal, de cabelos castanhos compridos com corte reto. Tenho olhos escuros e um nariz que poderia ser gentilmente descrito como "forte". No ano passado cresci dez centímetros, de modo que agora meço 1,68m. Tenho ombros largos, quadril estreito e ainda estou esperando a visita da fada dos peitos.

Raven dirigiu-se para a lateral do prédio do refeitório, onde os maconheiros se reuniam.

— A mãe dela deve estar tão orgulhosa — falei, de um jeito malicioso, mas, no fundo, admirando sua ousadia. Como devia ser se importar tão pouco com o que as pessoas pensam de você?

— O que será que acontece com o piercing do nariz dela quando ela espirra? — perguntou Bree, e eu ri.

Raven acenou para Ethan Sharp, que já parecia chapado às oito e meia da manhã. Chip Newton, que é absolutamente brilhante em matemática, muito melhor que eu, além de ser o fornecedor mais confiável da escola, apertou a mão de Raven. Robbie Gurevitch, meu melhor amigo depois de Bree, ergueu os olhos e sorriu para ela.

— Nossa, é tão estranho ver Mary K. aqui — disse Bree, olhando em volta e correndo os dedos por seus cabelos, bagunçados pelo vento.

— Pois é. Ela vai se adaptar bem.

Mary Kathleen, minha irmã mais nova, passara em direção ao prédio principal, rindo com dois amigos. Perto da maioria dos calouros, Mary K. parecia madura e com curvas bem formadas. As coisas simplesmente acontecem com facilidade para ela: suas roupas modernas mas não modernas demais, seu rosto naturalmente bonito, suas notas boas mas não perfeitas, seu grande círculo de amigos. Ela é uma pessoa boa de verdade, e todo mundo a adora, inclusive eu. Não dá para não gostar de Mary K.

— Oi, amor — exclamou Chris Holly, aproximando-se de Bree. — Oi, Morgana — cumprimentou-me. Então se inclinou e deu um beijo rápido na boca de Bree.

— Oi, Chris — respondi. — Pronto para a escola?

— Agora estou — disse ele, lançando para Bree um sorriso lascivo.

— Bree! Chris! — Sharon Goodfine acenou, com pulseiras douradas se agitando ruidosamente no pulso.

Chris pegou a mão de Bree e a arrastou até Sharon e os outros do grupo: Jenna Ruiz, Matt Adler, Justin Bartlett.

— Você vem? — perguntou Bree, olhando para trás.

— Não, obrigada — respondi, com uma careta.

— Morgana, eles gostam de você — sussurrou Bree, lendo minha mente como sempre. Ela soltou a mão de Chris, esperando por mim enquanto ele seguia em frente.

— Tudo bem. Preciso falar com Tamara mesmo.

Bree sabia que eu não me sentia bem com o grupinho dela. Ela ficou parada por mais um momento, depois disse:

— OK. Vejo você na sala.

— Até já.

Bree começou a se virar, mas parou, e sua boca se abriu como a de alguém na aula de iniciação ao teatro interpretando "abismado". Eu me virei e, seguindo a direção de seu olhar, vi um garoto subindo os degraus de nossa escola.

Foi como nos filmes, quando tudo sai de foco, todos ficam em silêncio e o tempo para enquanto você tenta entender para o que está olhando. Foi exatamente essa a sensação que tive ao ver Cal Blaire subir os degraus largos e gastos da Escola Widow's Vale.

Só que eu ainda não sabia que ele era Cal Blaire, claro.

Bree se virou para mim, com os olhos arregalados, e pude ler seus lábios:

— Quem é *esse?*

Balancei a cabeça. Sem pensar, levei a mão ao peito, tentando acalmar meus batimentos cardíacos.

O cara caminhou até nós com uma segurança tranquila que invejei. Eu estava ciente das cabeças se virando em sua direção. Ele sorriu para nós. Foi como se o sol tivesse saído de trás das nuvens.

— Como eu chego ao escritório do vice-diretor? — perguntou ele.

Já tinha visto garotos bonitos antes. Chris, o namorado de Bree, é de fato muito bonito. Mas esse cara era... *de tirar o fôlego*. O cabelo castanho-escuro espetado parecia ter sido cortado por ele mesmo. Nariz perfeito, uma pele morena linda, e impressionantes olhos dourados. Demorei um pouco para perceber que ele estava falando conosco.

Fiquei olhando para ele de um jeito estúpido, mas Bree se saiu bem:

— Vá por ali e vire à esquerda — explicou, apontando para a porta mais próxima. — Não é muito comum um veterano pedir transferência, não é? — perguntou, analisando o papel que ele estendia para ela.

— É verdade — respondeu o garoto, com um meio sorriso. — Meu nome é Cal. Cal Blaire. Minha mãe e eu acabamos de nos mudar para cá.

— Eu sou Bree Warren. — Ela apontou na minha direção. — E esta é Morgana Rowlands.

Não me mexi. Pisquei algumas vezes e tentei sorrir.

— Oi — consegui dizer por fim em algo parecido com um sussurro, sentindo-me uma menininha de 5 anos. Nunca me saio bem falando com garotos, e dessa vez estava tão impressionada e tímida que simplesmente não funcionei. Era como se eu estivesse tentando ficar de pé em meio a uma tormenta.

— Vocês são veteranas?

— Não, do segundo ano — confessou Bree, como se pedisse desculpas.

— Que pena — retrucou Cal. — Não teremos aulas juntos.

— Na verdade, talvez você tenha algumas aulas com Morgana. — Bree deu uma risadinha autodepreciativa. — Ela está cursando matemática e ciências do último ano.

— Legal — respondeu Cal, sorrindo para mim. — É melhor eu me apresentar logo. Foi um prazer conhecê-las. Obrigado pela ajuda. — Ele se virou e caminhou para a porta.

— Tchau! — disse Bree, animada.

Assim que Cal cruzou as portas de madeira e entrou no prédio, ela agarrou meu braço.

— Morgana, aquele cara é um deus! Ele vai estudar aqui! Estará aqui o ano inteiro!

No momento seguinte, estávamos cercadas pelos amigos dela.

— Quem é ele? — perguntou Sharon, ansiosa, com os cabelos escuros roçando nos ombros. Suzanne Herbert a empurrou para o lado, tentando chegar mais perto de Bree.

— Ele vai estudar aqui? — perguntou Nell Norton.

— Ele é hétero? — especulou em voz alta Justin Bartlett, que saiu do armário no sétimo ano.

Olhei para Chris. Ele estava com a testa franzida. Enquanto os amigos de Bree repassavam as poucas informações que tínhamos, eu me afastei da multidão, fui até a entrada e coloquei a mão na pesada maçaneta de latão, jurando que ainda podia sentir o calor do toque de Cal.

Uma semana se passou. Como sempre, senti um aperto no peito ao chegar na aula de física e ver Cal ali. Ele parecia um milagre mesmo sentado numa velha carteira de madeira. Um deus em meio aos mortais. Naquele dia, ele dirigia seu sorriso radiante para Alessandra Spotford.

— É tipo um festival de colheita? Em Kinderhook? — Ouvi Cal perguntar a ela.

Alessandra sorriu e pareceu desorientada.

— Mas é só em outubro — explicou. — Pegamos nossas abóboras lá todos os anos. — Ela prendeu um cacho atrás da orelha.

Sentei-me e abri meu caderno. Em uma semana, Cal já havia se tornado o garoto mais popular da escola. Popular, não; ele era uma celebridade. Até mesmo vários garotos gostavam dele. Não era o caso de Chris Holly nem dos caras cujas namoradas estavam babando por Cal, mas o da maioria.

— E você, Morgana? — perguntou Cal, virando-se para mim. — Já esteve no festival da colheita?

Folheei casualmente o capítulo que estávamos estudando no livro e assenti com a cabeça, sentindo uma onda de vertigem ao ouvi-lo dizer meu nome.

— Quase todo mundo vai. Não há muito o que se fazer por aqui, a menos que você vá para Nova York, que fica a duas horas de viagem.

Cal havia falado comigo muitas vezes ao longo da última semana e, a cada ocasião, eu achava mais fácil responder. Tínhamos aula de física e de cálculo juntos todos os dias.

Ele se virou em sua carteira para me encarar, e eu me permiti uma olhada rápida para ele. Nem sempre confio em mim mesma para fazer isso. Não se eu quiser que minhas cordas vocais funcionem. Senti um nó se formar imediatamente em minha garganta.

O que havia em Cal que fazia eu me sentir assim? Bem, para começar, ele era obviamente lindo. Porém, era mais do que isso. Ele era diferente dos outros caras que eu conhecia. Quando olhava para mim, olhava de verdade. Não ficava desviando os olhos pela sala, vendo onde estavam seus amigos, procurando garotas mais bonitas ou lançando olhares rápidos para os meus peitos; não que eu tivesse peitos. Não era nem um pouco tímido e não ficava brigando para ser mais popular, como todas as outras pessoas. Ele parecia olhar para mim ou para Tamara, que também está nas aulas do último ano, com a mesma intensidade e o mesmo interesse sinceros com que olhava para Alessandra, para Bree ou para outra deusa local.

— Então o que vocês fazem para se divertir no restante do tempo? — perguntou-me.

Baixei os olhos para meu livro. Não estava acostumada a isso. Garotos bonitos normalmente só falam comigo quando precisam de ajuda com o dever de casa.

— Sei lá — falei baixinho. — Nos encontramos. Conversamos. Vamos ao cinema.

— De que tipo de filme você gosta? — Ele se inclinou para a frente, como se eu fosse a pessoa mais interessante do mundo e não houvesse ninguém com quem ele preferisse estar conversando. Seus olhos não se desviaram do meu rosto.

Hesitei, sentindo-me desajeitada e sem saber o que dizer.

— Qualquer um. Gosto de todos os tipos de filme.

— Sério? Eu também. Você tem que me dizer a que cinemas ir. Ainda estou conhecendo a cidade.

Antes que eu pudesse concordar ou discordar, ele sorriu para mim e se virou para a frente da sala. Nosso professor, Dr. Gonzalez, entrou, pousou a maleta pesada em sua mesa e começou a fazer a chamada.

Eu não era a única pessoa a quem Cal estava encantando. Ele parecia gostar de todo mundo. Falava com todos, sentava-se perto de pessoas diferentes e não demonstrava preferências. Eu sabia que pelo menos quatro das amigas de Bree estavam loucas para sair com ele, mas, até onde ouvi, nenhuma tinha sido bem-sucedida. Pelo que fiquei sabendo, Justin Bartlett havia quebrado a cara.

# 2

Eu queria

"Cuidado com a bruxa, pois ela vai prender você com magia negra, fazendo-o se esquecer de sua casa, de seus entes queridos e, sim, até de seu próprio rosto."

— PALAVRAS DE PRUDÊNCIA, Terrance Hope, 1723

— Você tem que admitir que ele é bonito — pressionou-me Bree, apoiada no balcão da cozinha da minha casa.

— É claro que admito. Não sou cega — retruquei, ocupada abrindo latas. Era a minha vez de preparar o jantar.

O frango, limpo e em pedaços, aguardava num grande refratário. Despejei por cima uma lata de creme de alcachofras, uma lata de creme de aipo e um vidro de corações de alcachofra marinados. *Voilà*: jantar.

— Mas ele parece estar fazendo algum tipo de joguinho — continuei. — Quero dizer, com quantas pessoas ele saiu nas duas últimas semanas?

— Três — respondeu Tamara Pritchett, esticando seu corpo comprido e magro sobre nossa mesa de café da manhã.

Era uma tarde de segunda-feira, no início da terceira semana de aulas. Eu podia garantir que a chegada de Cal Blaire à pacata cidade de Widow's Vale foi a coisa mais excitante que aconteceu desde que o teatro Millhouse fora completamente incendiado, dois anos antes.

— Morgana, o que é *isso*? — perguntou Tamara.

— Frango à Morgana — respondi. — Delicioso e nutritivo.

Peguei uma Coca Diet na geladeira e a abri. Ahhh.

— Me dá uma dessas — pediu Robbie, e eu passei uma lata para ele. — Quer dizer então que, se um cara sai com muitas pessoas sem ficar com ninguém, está fazendo joguinho, mas se uma garota faz a mesma coisa, ela é apenas exigente?

— Não é verdade — protestou Bree.

— Olá, garotas e Robbie — cumprimentou meu pai, entrando na cozinha com o olhar um tanto vago por trás dos óculos. Estava usando seu uniforme habitual: calça cáqui, uma camisa de botão (de manga curta por causa do tempo) e uma camiseta branca por baixo. No inverno, ele usa a mesma coisa, só que com camisa de manga comprida e um colete de tricô por cima de tudo.

— Olá, Sr. R. — disse Robbie.

— Oi, Sr. Rowlands — falou Tamara, e Bree acenou.

Meu pai olhou em volta distraidamente, como se quisesse ter certeza de que aquela era realmente a cozinha de sua casa, então deu um sorriso para nós e saiu. Bree e eu rimos uma para a outra. Sabíamos que ele em breve lembraria o que tinha vindo buscar e voltaria. Ele trabalha com pesquisa e desenvolvimento na IBM, onde é considerado um gênio. Em casa, mais parece uma criança lenta no jardim de infância. Não consegue manter os sapatos amarrados e não tem nenhuma noção de tempo.

Misturei tudo no refratário e o cobri com papel-alumínio, então peguei quatro batatas e as lavei na pia.

— Fico feliz por minha mãe cozinhar — disse Tamara. — Mas, voltando... Cal saiu com Suzanne Herbert, Raven Meltzer e Janice. — Enquanto falava, ela contava os nomes nos dedos.

— Janice Yutoh? — gritei, pondo a travessa no forno. — Ela nem me contou! — Franzi a testa e adicionei as batatas ao assado. — Meu Deus, ele realmente não tem um tipo, não é? É uma da coluna A, uma da coluna B e uma da coluna C.

— Aquele canalha — disse Robbie, ajeitando os óculos no nariz.

Robbie é um amigo tão próximo que eu quase não percebo mais, porém ele tem um caso grave de acne. Ele era superbonitinho até o sétimo ano, o que torna tudo ainda mais difícil para ele.

Bree franziu a testa.

— O que não consigo entender é por que Janice Yutoh. A menos que ela o estivesse ajudando com o dever de casa.

— Na verdade, Janice é bem bonita — retruquei. — Só que é tão tímida que as pessoas não percebem. *Eu* não consigo entender é a Suzanne Herbert.

Bree quase engasgou.

— Suzanne é linda! Ela posou para a Hawaiian Tropic no ano passado!

Sorrio para Bree.

— Ela parece a Barbie Malibu, e tem um cérebro equivalente.

Desviei de uma uva que Bree atirou em mim.

— Nem todo mundo pode ser um gênio — retrucou ela. — Acho que nenhum de nós está intrigado com Raven. Ela troca de namorado como quem troca de roupa.

— Ah, e *você* não — provoquei e, em troca, ganhei outra uva, que atingiu meu braço.

— Ei! Chris e eu estamos juntos há quase três meses!

— E? — Robbie a incentivou.

A autodefesa, misturada a um constrangimento lamentável, tomou o rosto de Bree.

— Ele está me enchendo um pouco — admitiu.

Tam e eu rimos, e Robbie bufou.

— Acho que você é só muito exigente — disse ele.

Meu pai voltou à cozinha, pegou uma caneta no porta-lápis e saiu de novo.

— OK — anunciou Bree, abrindo a porta dos fundos. — É melhor eu ir para casa antes que Chris dê um ataque. — Ela fez uma careta. — Onde você *esteve*? — perguntou, imitando uma voz grave. Então revirou os olhos e saiu. Instantes depois, ouvimos sua BMW temperamental, Brisa, ligar e descer ruidosamente a rua.

— Pobre Chris — disse Tamara. Seu cabelo castanho cacheado escapava por baixo da faixa, e ela habilmente o prendeu de volta.

— Acho que os dias dele estão contados — acrescentou Robbie, tomando um gole de refrigerante.

Peguei um saco de salada e o abri com os dentes.

— Bem, ele durou mais que o normal — falei.

— Deve ter sido um recorde — concluiu Tamara.

A porta dos fundos se abriu e minha mãe entrou, com os braços carregados de pastas, anúncios e placas de imóveis. O casaco dela estava amassado e tinha uma mancha de café num dos bolsos. Peguei as coisas das mãos dela e as coloquei sobre a mesa da cozinha.

— Minha Nossa Senhora — balbuciou minha mãe. — Que dia! Oi, Tamara, querida. Oi, Robbie. Como vocês estão? Como vai a escola até agora?

— Bem, obrigado, Sra. Rowlands — disse Robbie.

— E a senhora? — perguntou Tamara. — Parece que tem trabalhado muito.

— Pode apostar — respondeu ela, com um suspiro. Pendurou o casaco num gancho perto da porta e se dirigiu para o armário de bebidas para se servir de um whisky sour.

— Bem, é melhor irmos embora — anunciou Tamara, pegando sua mochila. Ela deu um chute de leve no tênis de Robbie. — Venha, vou te dar uma carona. Foi um prazer vê-la, Sra. Rowlands.

— Até mais — falou Robbie.

— Tchau, meninos — respondeu minha mãe, e a porta se fechou atrás deles. — Meu Deus, Robbie está ficando alto. Ele está virando um homem. — Ela se aproximou e me abraçou. — Oi, querida. Que cheiro bom! É frango à Morgana?

— É. Com batatas assadas e ervilhas congeladas.

— Parece perfeito. — Ela tomou um gole de seu copo, que tinha um cheiro doce e cítrico.

— Posso tomar um golinho? — pedi.

— Não, senhora! — respondeu ela, como sempre. — Vou trocar de roupa e pôr a mesa. Mary K. está em casa? Fiz que sim.

— Lá em cima, com o fã-clube dela.

— Meninos ou meninas? — perguntou, franzindo o cenho.

— Acho que os dois.

Mamãe assentiu e subiu as escadas, e eu soube que pelo menos os garotos estavam prestes a ser postos para fora.

— Oi. Posso me sentar aqui? — perguntou Janice no almoço do dia seguinte, apontando para um lugar vazio perto de Tamara.

— É claro — respondeu ela, agitando a mão cheia de Doritos. — Ficaremos ainda mais multiculturais.

Tamara era uma das poucas pessoas negras de nossa escola predominantemente branca, e não tinha medo de brincar com isso, em especial com Janice, que muitas vezes sentia-se sem graça por ser uma das poucas asiáticas.

Janice sentou-se de pernas cruzadas, equilibrando a bandeja no colo.

— Com licença — falei, de um jeito muito explícito —, mas há alguma novidade... interessante que você gostaria de compartilhar conosco?

Enquanto mastigava e engolia a versão da escola para um bolo de carne, a confusão tomou o rosto dela.

— O quê? Você está falando da aula?

— Não — respondi, impaciente. — Novidades amorosas. — Ergui as sobrancelhas.

O belo rosto de Janice ficou cor-de-rosa.

— Ah. Está falando de Cal?

— É claro que estou falando dele! — praticamente explodi. — Não acredito que você não disse nada.

Janice deu de ombros.

— Nós só saímos uma vez. No último fim de semana.

Tamara e eu esperamos.

— Você pode desenvolver, por favor? — pressionei-a depois de um minuto. — Quero dizer, somos suas amigas. Você saiu com o solteiro-mais-bonito-do-mundo que existe. Merecemos saber.

Janice pareceu ao mesmo tempo contente e sem graça.

— Não pareceu um encontro — disse, por fim. — É mais como se ele estivesse tentando conhecer as pessoas. Reconhecer a área. Nós passeamos de carro por aí e conversamos muito. Ele queria saber tudo sobre a cidade e as pessoas...

Tamara e eu nos entreolhamos.

— Humm — murmurei. — Então vocês não estão ficando nem nada?

Tamara revirou os olhos.

— Por que você não é mais direta, Morgana?

— Tudo bem — disse Janice, rindo. — Não, não estamos ficando. Acho que somos apenas amigos.

— Humm — murmurei de novo. — Ele *é* amigável, não é?

— Falando do diabo... — disse Tamara, baixinho.

Ergui os olhos e vi Cal caminhando lentamente na nossa direção, com os lábios curvados num sorriso.

— Oi — disse ele, se agachando na grama, perto de nós. — Estou interrompendo alguma coisa?

Balancei a cabeça e tomei um gole de refrigerante, tentando parecer casual.

— Está conseguindo se ambientar? — perguntou Tamara. — Widow's Vale é uma cidade bem pequena, provavelmente não vai demorar muito até você saber onde ficam todas as coisas.

Cal sorriu para ela, e eu pisquei os olhos para assimilar seu rosto sobrenatural. Àquela altura, eu já estava acostumada a ter essa reação perto dele, e não me chateei muito.

— Sim. É bonito aqui — respondeu Cal. — Cheio de história. Sinto como se eu tivesse voltado no tempo. — Ele baixou os olhos para um trecho de grama, inconscientemente brincando com uma folha entre os dedos. Tentei não encará-lo, mas me descobri querendo tocar no que ele tocava.

— Vim aqui perguntar se vocês não gostariam de ir a uma festa no sábado à noite — continuou ele.

Ficamos todas tão surpresas que não dissemos nada por um instante. Parecia ousado uma pessoa quase desconhecida dar uma festa tão cedo.

— Rowlands! — gritou Bree do outro lado do gramado, então se aproximou e se acomodou graciosamente no chão ao meu lado. — Oi, Cal — cumprimentou ela, com um sorriso gracioso.

— Oi. Estou convidando as pessoas para uma festa no sábado — disse ele.

— Uma festa! — Parecia que essa era a melhor ideia que Bree já ouvira na vida. — Que tipo de festa? Onde? Quem vai?

Cal riu, jogando a cabeça para trás de modo que pude ver seu pomo de adão proeminente e a linha de sua garganta, com a pele lisa e bronzeada. Na gola em V de sua camisa pendia um cordão de couro gasto com um pingente prateado, uma estrela de cinco pontas envolvida por um círculo. Perguntei-me o que significava aquele símbolo.

— Se o tempo estiver bom, vai ser uma festa ao ar livre — explicou. — Basicamente, quero ter a oportunidade de conversar com as pessoas, sabe, fora da escola. Estou convidando a maioria dos alunos do segundo e do terceiro anos...

— É mesmo? — As adoráveis sobrancelhas de Bree se arquearam.

— Com certeza — respondeu ele. — Quanto mais gente, melhor. Pensei que poderíamos nos encontrar ao ar livre. O tempo tem estado ótimo esses dias, e há aquele bosque no limite da cidade, logo depois do mercado Tower. Pensei que poderíamos nos sentar por ali e conversar, olhar as estrelas...

Todas nós o encaramos. O pessoal se encontrava no shopping. No cinema. Ou até mesmo no 7-Eleven, quando as coisas estão realmente devagar. Mas ninguém nunca se encontrou no meio de um bosque deserto depois do mercado Tower.

— Não é o tipo de coisa que vocês costumam fazer, certo? — perguntou ele.

— Não mesmo — disse Bree, com cuidado. — Mas parece ótimo.

— OK. Bem, vou imprimir um mapa com o caminho. Espero que vocês possam ir.

Ele se levantou suavemente, de um jeito gracioso, como fazem os animais.

Eu queria que ele fosse meu.

Fiquei chocada com o fato de meu cérebro ter formado esse pensamento. Nunca me senti assim com relação a *ninguém*. E Cal Blaire estava tão fora do meu alcance que desejá-lo parecia uma idiotice. Era quase patético. Balancei a cabeça. Não havia sentido naquilo. Eu simplesmente teria que esquecer.

Quando ele se foi, minhas amigas viraram-se umas para as outras, animadíssimas.

— Que tipo de festa é essa? — ponderou Tamara.

— Será que vai ter um barril de cerveja ou algo assim? — indagou Bree.

— Acho que não estarei na cidade esse fim de semana — falou Janice, parecendo meio desapontada, meio aliviada.

Nós quatro observamos Cal se aproximar dos outros amigos de Bree, que estavam reunidos perto dos bancos que ficavam no limite do *campus*. Depois de falar com eles, foi até os maconheiros, agrupados ao redor da porta do refeitório. O engraçado é que ele parecia fazer parte de cada grupo com que falava. Quando estava com os nerds, como eu, Tamara e Janice, era perfeitamente possível acreditar que era um aluno estudioso e lindo, do tipo brilhante e profundamente questionador. Quando estava com os amigos de Bree, parecia descolado, casual e moderno: um ditador de tendências. E, perto de Raven e Chip, eu podia perfeitamente imaginá-lo como um maconheiro, fumando todos os dias depois da escola. Era incrível o modo como ele ficava confortável com todos.

De certo modo, eu invejava isso, uma vez que só me sentia confortável com um único grupo de pessoas, meus bons amigos. Na verdade, com meus dois amigos mais próximos, Bree e Robbie, que eu conhecia desde que éramos bebês e cujas famílias moravam no mesmo quarteirão. Isso foi antes de a família de Bree se mudar para uma casa enorme e moderna com vista para o rio, e muito antes de nos dividirmos em grupos diferentes. Bree e eu éramos duas das poucas pessoas da escola que conseguiam ser próximas apesar de pertencer a círculos de amigos diferentes.

Cal era... universal, de certo modo. E, embora eu estivesse um pouco apreensiva, queria ir àquela festa.

3
O círculo

"Não ande a esmo pela noite, pois os feiticeiros aproveitam todas as fases da lua para fazer a sua arte. Fique seguro em casa até que o sol ilumine o céu e mande o demônio de volta para sua toca."

— ANOTAÇÕES DE UM SERVO DE DEUS,
Irmão Paolo Frederico, 1693

Estou jogando a rede. Reze por meu sucesso, para que eu possa aumentar nosso número e encontrar aquela que procuro.

A luz da varanda lançava uma sombra sobre nosso gramado. À minha frente, na grama seca e quebradiça do outono, uma versão menor e mais escura de mim caminhava até meu carro.

— O que há de errado com a Brisa? — perguntei.

— Está com um chiado estranho — disse Bree.

Revirei os olhos, torcendo para que ela visse. O carro caro e sensível de Bree estava sempre com algum probleminha. Muito boa essa engenharia extravagante.

Abri a porta do motorista e deslizei para o frio assento de vinil de Das Boot, meu belo Chrysler Valiant branco de 1971. Meu pai gosta de brincar dizendo que meu carro pesa mais que um submarino, por isso o apelidamos de Das Boot, a palavra alemã para barco e o título do filme favorito dele. Bree entrou do outro lado, e nós acenamos para meu pai, que estava pondo o lixo para fora.

— Dirija com cuidado, querida — gritou ele.

Dei a partida no motor e olhei para o céu pela minha janela. A lua minguante formava um arco fino e agudo. Um filete de nuvem escura passava por ela, ofuscando-a no céu e deixando as estrelas mais em evidência.

— Em algum momento vai me dizer onde está Chris? — perguntei ao virar na autoestrada Riverdale.

— Falei para ele que tinha prometido ir com você — disse Bree, com um suspiro.

— Ah, Deus, é sério? — queixei-me. — Tenho medo de dirigir sozinha à noite, é isso?

Bree esfregou a testa.

— Desculpe — murmurou. — Ele se tornou tão possessivo... Por que os garotos sempre fazem isso? Você sai com um deles por um tempo e, de repente, é como se ele tivesse virado seu dono. — Ela estremeceu, embora não estivesse frio. — Vire à direita em Westwood.

Westwood levava direto para fora da cidade, ao norte.

Bree agitou o pedaço de papel com as orientações de como chegar.

— Fico imaginando como vai ser isso. Cal é mesmo... diferente, não é?

— Aham. — Tomei um longo gole de água com gás, deixando a conversa morrer. Estava relutante em conversar com Bree sobre Cal, mas não tinha certeza do porquê.

— OK, OK! — disse Bree, animada, alguns instantes depois. — É aqui! Pare! — Ela já estava desafivelando o cinto de segurança e pegando sua bolsa de macramê.

— Bree — falei educadamente, olhando em volta. — Estamos completamente no meio do *nada*.

Tecnicamente, é claro que sempre estamos em meio a algo, mas não era o que parecia naquela estrada deserta às margens da cidade. À esquerda, havia vários acres de milharal alto e pronto para a colheita. À direita, uma larga faixa de floresta virgem, margeada por um bosque denso que formava um grande e irregular V em direção à cidade.

— Aqui diz para estacionar debaixo daquela árvore — instruiu-me Bree. — Vamos lá.

Levei Das Boot para fora do acostamento e deslizei pesadamente até parar de modo brusco debaixo de um salgueiro. Foi aí que vi o luar cintilando em pelo menos outros sete carros que não podiam ser avistados da estrada.

O inconfundível fusca vermelho de Robbie brilhava de um jeito sombrio, parecendo uma grande joaninha embaixo da árvore. Vi também a picape branca de Matt Adler, o utilitário de Sharon e a perua do pai de Tamara, cuidadosamente estacionada ao lado dos demais. Largada de qualquer jeito perto deles estava a lata velha preta de Raven Meltzer, um Explorer dourado, que reconheci que era o de Cal, e uma minivan verde, que deduzi pertencer a Beth Nielson, a melhor amiga de Raven. Não vi ninguém, mas havia uma espécie de trilha pisoteada em meio à grama alta e seca que levava em direção ao bosque.

— Acho que devemos ir por ali — deduziu Bree, soando estranhamente incerta. Eu me sentia feliz pelo fato de ela estar ali comigo, e não com Chris. Se eu tivesse que ir sozinha, provavelmente não teria coragem de aparecer.

Seguimos a trilha de grama pisada, a brisa fria da noite passando pelos meus cabelos. Quando chegamos ao final do bosque, Bree apontou. Eu mal conseguia distinguir o lampejo pálido de seu dedo na escuridão da floresta. Quando olhei para a frente, consegui enxergar: uma pequena clareira e vultos de pé em volta de uma fogueira baixa cercada de pedras. Ouvi risadas baixas e senti o delicioso cheiro de fumaça de madeira flutuando pelo ar agora gelado. De repente, uma festa ao ar livre pareceu uma ideia brilhante.

Caminhamos cuidadosamente pelo mato até a fogueira. Ouvi Bree xingando baixinho — suas pesadas sandálias de plataforma não eram o melhor calçado para uma caminhada noturna. Já meus tamancos esmagavam galhos alegremente. Ouvi um barulho de movimento atrás de nós e me assustei, então vi que eram Ethan Sharp e Alessandra Spotford, se embrenhando pela floresta em nosso encalço.

— Cuidado! — sussurrou Alessandra para Ethan. — Aquele galho me acertou bem no olho.

Bree e eu chegamos à clareira. Vi Tamara, Robbie e até mesmo Ben Reggio, da aula de latim. Fui me juntar a eles enquanto Bree ia para perto de Sharon, Suzanne, Jenna e Matt. A fogueira lançava uma luz dourada no rosto de todos, fazendo as garotas parecerem mais bonitas do que eram, e os garotos, mais velhos e misteriosos.

— Onde está Cal? — perguntou Bree, e Chris Holly levantou-se de onde estava agachado, ao lado de uma caixa térmica, com uma cerveja na mão.

— Por que você quer saber? — perguntou, insatisfeito.

Bree passou os dedos pelo cabelo.

— Ele é nosso anfitrião.

Cal apareceu quase silenciosamente do outro lado da clareira. Estava carregando uma grande cesta de vime, que pousou no chão perto da fogueira.

— Oi — disse ele, olhando para todos os presentes e sorrindo. — Obrigado por terem vindo. Espero que o fogo os mantenha aquecidos.

Eu me vi aninhando-me nele, com seu braço em volta dos meus ombros, sentindo o calor de sua pele penetrando lentamente pelo meu colete de lã. Pisquei rapidamente, e a imagem desapareceu.

— Trouxe algumas coisas para a gente comer e beber — anunciou ele, ajoelhando-se e abrindo a cesta. — Tem comida aqui; nozes, salgadinhos e broa de milho. E bebida nos *coolers*.

— Eu deveria ter trazido um pouco de vinho — falou Bree, e eu pisquei, surpresa por vê-la de pé ali, ao lado dele. Cal sorriu para ela, e me perguntei se ele a achava bonita.

Durante meia hora ficamos por ali, conversando em volta do fogo, onde havia cerca de vinte de nós reunidos. Cal havia trazido um pouco de uma deliciosa cidra de maçã temperada com canela para quem não queria cerveja, o que me incluía.

Chris sentou-se ao lado de Bree, com o braço em volta dos ombros dela. Ela não olhava para ele, mas me lançava olhares irritados de tempos em tempos. Tamara, Ben e eu nos sentamos de forma que nossos joelhos se tocavam. Um dos meus braços estava quase quente demais por causa do fogo, enquanto o outro estava prazerosamente frio. De vez em quando, a voz de Cal me atingia como o ar noturno.

— Estou feliz por todos vocês terem vindo esta noite — disse Cal, ajoelhando-se perto de mim. Ele falava alto o bastante para que todos o ouvissem. — Minha mãe já conhecia algumas pessoas da cidade antes de nos mudarmos para cá, portanto já tem um grupo de amigos, mas achei que eu deveria comemorar o Mabon do meu próprio jeito.

Bree sorriu e se inclinou para a frente.

— O que é Mabon?

— Esta noite é o Mabon — respondeu Cal. — É um dos sabás Wiccanos; um dia importante se você pratica a Wicca. É o equinócio de outono.

Naquele momento, seria possível ouvir uma folha cair no chão. Estávamos todos olhando para ele, para seu rosto dourado da cor do fogo, como uma máscara. Ninguém disse nada.

Cal parecia ciente de nosso espanto, mas não pareceu constrangido ou sem jeito. Na verdade, ele estava preparando o caminho.

— Sabe, normalmente, no Mabon, fazemos um círculo especial — disse, mordendo uma maçã. — Damos graças pela colheita. E, depois do Mabon, começamos a nos preparar para o Samhain.

— Samen? — disse Jenna Ruiz, baixinho.

— *S-a-m-h-a-i-n* — soletrou Cal. — Pronuncia-se sam-ein. Nossa maior festa, o ano-novo das bruxas. Dia 31 de outubro. A maioria das pessoas o chama de Halloween.

Chris foi o primeiro a falar:

— Mas e daí, cara? — começou, com uma risada nervosa. — Você está dizendo que é um bruxo?

— Bem, na verdade, sim. Sou praticante de uma forma de Wicca — respondeu Cal.

— Isso não é, tipo, adoração ao diabo? — questionou Alessandra, franzindo o nariz.

— Não, não. Não tem nada a ver — retrucou Cal, num tom que não era nem um pouco defensivo. — Não existe diabo na Wicca. Na verdade, é a religião mais tranquila e inclusiva que existe. Trata-se apenas de celebrar a natureza.

Alessandra parecia incrédula.

— Bem, de qualquer forma, eu esperava encontrar algumas pessoas para fazer um círculo comigo esta noite.

Silêncio.

Cal olhou em volta, absorvendo a surpresa e o desconforto em quase todos os rostos, mas sem demonstrar nenhum traço de arrependimento.

— Olha, não é nada demais. Participar de um círculo não significa que vocês estão aderindo à Wicca. Não significa ir contra sua religião, nem nada. Se não estiverem a fim, não se preocupem. Só achei que alguns de vocês poderiam achar legal.

Olhei para Tamara, e seus olhos castanho-escuros estavam arregalados. Bree virou-se para mim, e trocamos um olhar que transmitia toda uma conversa cheia de ideias. Sim, estávamos ambas surpresas e um pouco céticas, mas também intrigadas. O olhar de Bree me disse que ela estava interessada, que queria ouvir mais. Eu me sentia do mesmo jeito.

— O que você quer dizer com um círculo? — Somente alguns segundos depois, percebi que a voz que disse aquilo foi a minha.

— Todos nós ficamos em círculo — explicou Cal —, damos as mãos e agradecemos à Deusa e ao Deus pela colheita. Celebramos a fertilidade da primavera e do verão e nos preparamos para a escassez do inverno. E andamos em círculo.

— Você está de brincadeira — tentou Todd Ellsworth, tomando um gole de sua cerveja.

Cal olhou para ele, calmo.

— Não, não estou. Mas se você não estiver a fim de participar, tudo bem.

— Meu Deus, ele está falando sério — disse Chris, para ninguém em particular.

Bree deliberadamente sacudiu o ombro para se desvencilhar do braço do namorado, que a olhou de cara feia.

— Bem — falou Cal, se levantando. — São quase dez horas. Quem quiser ficar será bem-vindo, mas sintam-se à vontade para ir embora. De todo modo, muito obrigado por terem vindo me encontrar aqui.

Raven se levantou e caminhou até Cal, com seus olhos escuros e fortemente delineados fixos nos dele.

— Vou ficar. — Então lançou um olhar de desdém para o restante de nós, como se dissesse: "Seus idiotas."

— Acho que vou para casa — sussurrou Tamara para mim antes de se levantar.

— Vou ficar mais um pouco — falei baixinho, e ela assentiu, acenou para Cal e saiu.

— Estou fora — disse Chris em voz alta, jogando a garrafa de cerveja no meio das árvores. Ficou de pé. — Bree? Vamos.

— Eu vim com a Morgana, vou voltar com ela — respondeu Bree, aproximando-se de mim.

— Venha comigo agora — insistiu Chris.

— Não, obrigada — respondeu Bree, depois olhou para mim. Lancei para ela um sorriso discreto de encorajamento.

Cris praguejou, então saiu depressa por entre as árvores, resmungando. Estendi a mão e apertei o braço de Bree.

Olhei para Cal. Ele estava sentado, com os joelhos dobrados e os cotovelos apoiados neles. Parecia não haver qualquer tensão em seu corpo. Ele estava apenas observando.

Raven, Bree e eu ficamos. Ben Reggio foi embora. Jenna ficou, então é claro que Matt ficou também. Robbie ficou: bom. Assim como Beth Nielson, Sharon Goodfine e Ethan Sharp. Alessandra hesitou, mas não foi embora, e Suzanne e Todd também.

Quando pareceu que todos que partiriam já tinham ido, havia treze de nós.

— Legal — disse Cal, levantando-se. — Obrigado por ficarem. Vamos começar.

4

Banimento

"Eles dançam desnudos sob a lua sanguínea em seus ritos pagãos, e que tome cuidado qualquer um que os espie, pois há de ser transformado em pedra onde estiver."

— FEITICEIRAS, BRUXAS E MAGOS,
Altus Polydarmos, 1618

Enquanto nos movíamos de um lado para o outro, inseguros, Cal pegou um graveto e desenhou no chão um grande e perfeito círculo em volta do fogo. Antes de unir as duas pontas do círculo, fez um gesto para que entrássemos, então completou o desenho, como se fechasse uma porta. Eu me senti um pouco como uma ovelha dentro de um cercado.

Então Cal pegou uma caixa cheia de sal e o polvilhou sobre todo o círculo que havia desenhado.

— Com este sal, purifico nosso círculo — disse.

Bree e eu nos entreolhamos e sorrimos, hesitantes.

— OK. Agora, vamos dar as mãos — falou Cal, estendendo os braços. Uma onda de timidez me invadiu quando percebi que eu era a pessoa mais próxima de sua mão esquerda. Ele pegou minha mão. Raven foi para o outro lado de Cal, segurando sua mão direita com firmeza.

Bree estava do meu outro lado e, depois dela, vinham Jenna, Matt, Beth, Alessandra, Todd e Suzanne. Do outro lado de Raven, Robbie, Ethan e Sharon completavam o círculo.

Cal levantou minha mão, e nossos braços se ergueram em direção ao estreito pedaço de céu acima de nós.

— Obrigado a Deusa — proclamou Cal com a voz forte, então correu os olhos pelo restante de nós. — Agora vocês repetem.

— Obrigado a Deusa — dissemos, mas minha voz era tão baixa que eu duvido que tivesse contribuído de alguma forma. Eu me perguntava quem era a Deusa.

— Obrigado ao Deus — continuou Cal, e nós repetimos. — Hoje, o dia e a noite estão em equilíbrio — prosseguiu. — Hoje, o sol entra no signo de Libra, a balança.

Todd riu, e Cal o olhou, com os olhos apertados.

Eu parecia ter criado um bilhão de terminações nervosas a mais na mão esquerda. Tentei não pensar muito se estava segurando a mão de Cal com força demais ou de menos, ou se minha mão estava suando de nervoso.

— Hoje, a escuridão começa a dominar a luz — recitou Cal. — É o equinócio de outono. É o tempo da colheita. Damos graças à Mãe Terra, que nos alimenta. — Ele olhou ao redor do círculo novamente. — Agora digam: "abençoada seja."

— Abençoada seja — dissemos. Eu estava rezando para que minha mão não começasse a suar na de Cal. A dele era áspera e forte, segurando a minha o mais forte possível sem machucar. Será que minha mão parecia pateticamente frouxa em comparação?

— É hora de juntar as sementes — falou Cal, com sua voz tranquila. — Juntamos as sementes para renovar nossas plantações para o próximo ano. O ciclo da vida continua a nos nutrir. — Ele correu os olhos pelo círculo. — Agora todos nós dizemos: "abençoado seja."

— Abençoado seja — repetimos.

— Damos graças ao Deus, que se oferecerá em sacrifício para renascer de novo — disse Cal. Eu franzi a testa, pois não gostei da palavra *sacrifício*. Ele assentiu para nós.

— Abençoado seja.

— Agora vamos respirar — sugeriu. Ele baixou a cabeça e fechou os olhos e, um por um, fizemos o mesmo.

Ouvi Suzanne inspirando de modo exagerado e ruidoso, então entreabri os olhos e vi Todd dando um sorriso debochado. A reação deles me irritou.

— OK — prosseguiu Cal, abrindo os olhos após alguns minutos. Ou ele não sabia de nada ou estava deliberadamente ignorando Todd e Suzanne. — Agora vamos entoar um canto de banimento, então nos moveremos em sentido anti-horário. Vocês vão entender.

Cal puxou-me gentilmente para que o seguisse em sentido anti-horário, e dois segundos depois, todos executávamos uma versão Wiccana de "Ciranda cirandinha". Cal cantou repetidas vezes, de modo que todos conseguimos aprender a letra e cantar junto:

"Abençoada seja a Mãe de Todas as Coisas,
A Deusa da Vida.
Abençoado seja o Pai de Todas as Coisas,
O Deus da Vida.
Graças lhes damos por tudo o que temos.
Graças lhes damos por nossas novas vidas.
Abençoados sejam."

Depois de alguns minutos, passou a parecer menos estranho e eu me senti alegre, praticamente correndo em círculos, de mãos dadas sob a Lua. Bree parecia tão viva e feliz que não pude deixar de sorrir para ela.

Um pouco depois — podem ter se passado dois minutos ou meia hora —, notei que eu estava começando a me sentir tonta e esquisita. Sou uma dessas pessoas que nunca podem andar de carrossel, montanha-russa com *looping*, nem nada que envolva movimentos giratórios. Tem algo a ver com o ouvido interno, mas o que interessa é que eu vomito. Então eu estava começando a achar aquilo meio arriscado, mas também não queria parar.

Quando comecei a me perguntar o que exatamente iríamos banir, Cal disse:

— Raven, do que você se livraria se pudesse? O que você quer banir?

Ela sorriu e, por um momento, pareceu quase bonita, como uma garota normal.

— Eu vou banir as mentes pequenas! — gritou ela, alegre.

— Jenna? — perguntou Cal enquanto continuávamos andando em círculos.

— Eu quero banir o ódio — disse ela após uma pausa, então olhou para Matt, que falou:

— Eu banirei a inveja.

Segurando com força as mãos de Cal e de Bree, eu disparava em volta do fogo, meio correndo, meio dançando ao mesmo tempo em que era puxada e empurrada. Comecei a me sentir como um sabonete no remoinho de uma banheira sendo esvaziada, girando e girando, fora de controle. Mas não estava sendo sugada em direção ao ralo. Em vez disso, eu estava subindo pelas ranhuras do círculo de água, chegando até o topo, presa no lugar pela força centrífuga. Eu me sentia leve e estranhamente feliz.

— Eu quero banir a raiva — gritou Robbie.

— Eu vou banir, tipo... a escola — disse Todd.

Que idiota, pensei.

— Eu estou banindo as calças de lã xadrez — tentou Alessandra, arrancando uma risada de Suzanne.

— Eu banirei os cachorros-quentes sem gordura — contribuiu ela, por sua vez.

Senti a mão de Cal se apertar um pouco em volta da minha.

Para minha surpresa, logo em seguida Sharon soltou:

— Eu quero banir a *estupidez*.

— Eu banirei minha madrasta! — berrou Ethan, rindo.

— Eu estou banindo a impotência — gritou Beth.

Ao meu lado, Bree gritou:

— Eu vou banir o medo!

Era a minha vez?, pensei, zonza.

Cal apertou minha mão com força. O que eu temia? Naquele exato momento, não consegui me lembrar de nenhum dos meus medos. Quero dizer, tenho medo de todo tipo de coisa: de ir mal nas provas, de falar em público, de que meus pais morram, de ficar menstruada na escola quando eu estiver de branco; mas não conseguia pensar em como expressar esses medos de modo que eles se encaixassem em nosso círculo de banimento.

— Humm... — murmurei.

— Ora, vamos! — gritou Raven, sua voz desaparecendo, perdida no remoinho.

— Vamos — disse Bree, com os olhos escuros fixos em mim.

— Vamos — sussurrou Cal, como se estivesse me seduzindo para entrar em algum lugar sozinha com ele.

— Eu estou banindo as limitações! — explodi, sem saber de onde aquelas palavras brotaram nem por que soavam tão certas.

Então aconteceu. Como se estivéssemos obedecendo às orientações de um diretor, soltamos nossas mãos, as erguemos para o céu e ficamos parados onde estávamos. No instante seguinte, senti uma dor aguda no peito, como se minha pele houvesse literalmente se rasgado. Engasguei, levei a mão ao ponto dolorido e caí.

— O que há com *ela*? — Ouvi Raven dizer enquanto eu me ajoelhava, pressionando o peito com força. Eu me sentia tonta, enjoada e constrangida.

— Cerveja demais — sugeriu Todd.

Bree pôs a mão em meu ombro. Respirei fundo e me levantei, meio desequilibrada. Eu estava suada e fria, tinha dificuldade de respirar e sentia que estava prestes a desmaiar.

— Você está bem? O que aconteceu? — perguntou Bree, passando o braço em volta de mim e me apoiando em seu corpo.

Eu me apoiei nela, grata. Uma névoa cobria meus olhos, transformando tudo a minha volta numa miragem nebulosa. Pisquei e engoli em seco, com uma vontade infantil de chorar. A cada respiração, a dor em meu peito diminuía. Percebi que os integrantes do círculo estavam agrupados a minha volta. Sentia seus olhos cravados em mim.

— Estou bem — falei, com voz baixa e áspera. O corpo alto e magro de Bree emanava ondas de calor, e seu cabelo escuro estava colado à testa. O meu pendia para o lado em tranças frouxas. Embora suasse, eu sentia frio; estava gelada até os ossos.

— Talvez eu esteja pegando alguma coisa — tentei falar de forma mais confiante.

— Algo como bruxocitose — disse Suzanne sarcasticamente, seu rosto bronzeado parecendo feito de plástico à luz da Lua.

Endireitei minha postura e percebi que a dor havia praticamente desaparecido.

— Não sei o que foi aquilo... Uma câimbra ou algo assim. — Eu me afastei de Bree e tentei dar um passo vacilante. Foi então que notei que havia algo de errado com meus olhos.

Pisquei várias vezes e olhei para o céu. Tudo estava mais brilhante, como se a lua estivesse cheia, mas ela ainda era apenas um arco fino, como uma foice afiada no céu. Olhei para as árvores e me senti atraída para o meio delas, como em uma foto 3D. Vi cada gomo de pinha, cada bolota de carvalho e cada galho caído com uma definição cristalina. Fechei os olhos e percebi que podia ouvir separadamente cada um dos sons da noite: insetos, animais, pássaros, a respiração de meus amigos e o delicado ruído de meu sangue correndo nas minhas veias. O canto dos grilos parecia dividido em mil pedaços; a música de mil seres diferentes.

Pisquei de novo e olhei para os rostos a minha volta, turvos, mas perfeitamente distinguíveis à luz do fogo. Robbie e Bree tinham expressões preocupadas, mas foi o rosto de Cal que prendeu meu olhar. Ele me encarava com atenção, e seus olhos dourados pareciam atravessar minha pele e enxergar até meus ossos.

Sentei-me abruptamente no chão. A terra estava um pouco úmida e coberta com uma fina camada de folhas caídas. Quando cruzei as pernas embaixo do corpo, o estalar das folhas soou incrivelmente alto aos meus ouvidos. Senti-me melhor na mesma hora, como se o próprio solo estivesse sugando meus sentimentos instáveis. Olhei fixamente para o fogo, e a atemporal e eterna dança de cores que vi era tão bonita que tive vontade de chorar.

A voz grave de Cal flutuou até mim como um sussurro num túnel, como se aquelas palavras fossem destinadas apenas a mim e me encontrassem sem erro, mesmo com o grupo começando a conversar.

Ele falou a meia voz, com os olhos fixos no meu rosto:

— Eu estou banindo a solidão.

5

Dor de cabeça

"Bruxos podem ser homens ou mulheres. O poder feminino é tão cruel e terrível quanto o masculino, e ambos devem ser temidos."

— Há bruxas entre nós, Susanna Gregg, 1917

Vi algo ontem à noite: um vislumbre de poder vindo de uma fonte inesperada. Não posso tirar conclusões precipitadas; tenho procurado, esperado e observado há tempo demais para cometer um erro. Mas meu instinto diz que ela está aqui. Está aqui e tem poder. Preciso me aproximar dela.

No domingo, acordei com a cabeça pesada, como se estivesse cheia de areia molhada. Mary K. apareceu na porta do meu quarto.

— É melhor se levantar. Igreja.

Depois dela, foi minha mãe que apareceu:

— Vamos, levante, sua preguiçosa.

Ela abriu as cortinas, inundando o quarto com a luz brilhante do outono, que penetrou meus olhos e atingiu em cheio o fundo da minha cabeça.

— Ai — gemi, cobrindo o rosto.

— Vamos logo ou chegaremos atrasados — disse ela.

— Você quer waffles?

Pensei por um instante, então respondi:

— Claro.

— Vou pôr alguns na máquina para você.

Sentei-me na cama, perguntando-me se uma ressaca seria mais ou menos assim. De repente, tudo voltou; lembrei-me de cada coisa que havia acontecido na noite anterior, e senti uma onda de excitação. Wicca. Tinha sido estranho e impressionante. É verdade que agora eu me sentia péssima fisicamente, com a mente turva e com dor de cabeça, mas, ainda assim, a noite anterior tinha sido um dos momentos mais empolgantes da minha vida. E Cal. Ele foi... incrível. Incomum.

Pensei novamente no momento em que olhou para mim com toda aquela intensidade. Na hora, achei que ele estivesse falando só para mim, mas não estava. Robbie o ouviu banir a solidão, e Bree também. No caminho de volta para casa, ela questionou como um cara como Cal podia ser sozinho.

Balancei meus pés acima do chão frio. Finalmente chegara o outono de verdade. Minha época do ano favorita. O ar fica fresco, as folhas mudam de cor, o calor e a exaustão do verão acabam. É muito mais confortável.

Quando me levantei, perdi um pouco o equilíbrio, depois fui tateando até o chuveiro. Posicionei-me sob a ducha fraca e abri a água quente. Enquanto a água escorria pela minha cabeça, fechei os olhos e me encostei na parede, tremendo e sentindo a dor de cabeça. Então algo mudou quase imperceptivelmente e, de súbito, pude ouvir cada gota de água, sentir cada filete escorrendo pela minha pele, cada pelo dos meus braços ficando mais pesados com a umidade. Abri os olhos e inspirei o ar úmido, sentindo minha dor de cabeça desaparecer. Permaneci ali, vendo o universo em meu banho até ouvir Mary K. esmurrar a porta.

— Vou sair em um minuto! — falei, impaciente.

Quinze minutos depois, eu deslizava para o banco de trás do Volvo de meu pai, com o cabelo molhado preso numa longa trança criando uma faixa úmida nas costas de meu vestido. Coloquei o casaco.

— Que horas você foi para a cama, Morgana? Não dormiu o suficiente esta noite? — perguntou minha mãe, alegremente. Todos na minha família, com exceção de mim, são insuportavelmente animados pela manhã.

— Nunca durmo o suficiente — resmunguei.

— Não está um dia lindo? — disse meu pai. — Quando acordei, ainda estava escuro. Tomei meu café na varanda dos fundos e vi o sol nascer.

Abri uma Coca Diet e tomei um gole revigorante. Minha mãe se virou e fez uma careta.

— Querida, você deveria tomar suco de laranja pela manhã.

— Essa é a nossa corujinha — riu meu pai.

Eu sou uma coruja, e eles são cotovias. Tomei meu refrigerante, tentando terminar antes de chegarmos à igreja. Pensei em como meus pais são sortudos por terem Mary K., porque, do contrário, as *duas* filhas deles pareceriam alienígenas. Então pensei em como eles são sortudos por terem a *mim*, pois assim realmente podem dar valor a Mary K. Depois pensei em como sou sortuda por *tê-los*, pois sei que eles me amam mesmo eu sendo tão diferente dos três.

Nossa igreja é bonita e tem quase 250 anos. É uma das igrejas católicas da cidade. A organista, a Sra. Lavender, já estava tocando quando entramos, e o cheiro dos incensos era tão familiar e reconfortante para mim quanto o cheiro de nosso sabão em pó.

Quando cruzei as enormes portas de madeira, os números 117, 45 e 89 me vieram à mente, como se alguém os tivesse desenhado na parte interna da minha testa. Que estranho, pensei. Sentamo-nos no mesmo banco de sempre, com minha mãe entre Mary K. e eu para que não fizéssemos bagunça, mesmo que já fôssemos velhas o bastante para não fazermos isso mesmo. Conhecemos quase todas as pessoas que frequentam nossa igreja, e eu gostava de vê-las toda semana, vê-las mudar, me sentir parte de algo maior do que apenas a minha família.

A Sra. Lavender começou a tocar o primeiro hino, e todos ficamos de pé enquanto o cortejo entrava, com os coroinhas e o coral, o padre Hotchkiss e o diácono Benes, além de Joey Markovich carregando a pesada cruz de ouro.

Minha mãe abriu seu hinário e começou a folheá-lo. Dei uma olhada no quadro da frente da igreja para ver que número deveríamos cantar. O primeiro hino era o de número 117. Olhei para o seguinte: 45. Seguido pelo

89. Os mesmos três números que me vieram à mente assim que entrei na igreja. Abri o livro na página certa e comecei a cantar, perguntando-me como eu soubera daqueles números.

Naquele domingo, o padre Hotchkiss deu um sermão no qual comparou a busca espiritual a um jogo de futebol americano. O padre Hotchkiss gosta muito de futebol americano.

Depois da missa, saímos novamente para a luz do sol, e eu pisquei.

— Almoço no Widow's Diner? — propôs meu pai, como sempre, e todas nós concordamos, como sempre. Era apenas outro domingo, exceto pelo fato de que, por alguma razão, eu sabia os números dos três hinos que cantaríamos.

6

Mágicka prática

"Eles mantêm registros dos seus feitos e os escrevem em seus livros das sombras. Nenhum mero mortal pode ler seus códigos sobrenaturais, pois suas palavras são apenas para sua raça."

— O MAL OCULTO, Andrej Kwertowski, 1708

Não sou paranormal. A vida é cheia de pequenas e estranhas coincidências. Simplesmente vou continuar repetindo isso para mim mesma até acreditar.

— Aonde estamos indo? — perguntei. Eu tinha trocado meu vestido de domingo por jeans e moletom. Minha dor de cabeça havia passado, e eu estava bem.

— Uma livraria ocultista — disse Bree, ajustando o espelho retrovisor. — Cal me falou sobre ela ontem à noite, e pareceu muito legal.

— Ah, por falar em ocultismo, quer saber de uma coisa estranha? Hoje, na igreja, eu adivinhei os números dos hinos antes de vê-los escritos no quadro. Não é bizarro?

— Como assim, adivinhou os números? — questionou ela, seguindo pela Westwood para fora da cidade.

— Os números simplesmente me vieram à mente sem motivo algum, e então, quando entramos na igreja, eles estavam no quadro. Eram os números dos hinos — expliquei.

— Isso é mesmo estranho — concordou Bree, com um sorriso. — Talvez você tenha ouvido sua mãe mencioná-los ou algo assim.

Minha mãe faz parte do grupo de mulheres da igreja e, às vezes, muda o número dos hinos no quadro, dá polimento nos candelabros ou ajeita as flores do altar.

Franzi a testa, tentando me lembrar.

— Pode ser.

Alguns minutos depois, estávamos em Red Kill, a cidade vizinha, ao norte. Quando eu era pequena, tinha medo de ir a Red Kill. O nome da cidade em si parecia um alerta de que algo terrível tinha acontecido — ou poderia acontecer — ali. Mas a verdade é que um monte de cidades no vale do rio Hudson tem a palavra *kill* em seu nome, e isso não tem nada a ver com "matar". É que essa é uma antiga palavra holandesa que significa "rio". *Red Kill* quer dizer apenas "rio vermelho", provavelmente porque a água era tingida por causa da quantidade de ferro presente no solo.

— Eu não sabia que Red Kill tinha uma livraria ocultista. Você acha que eles terão algo sobre Wicca?

— Sim, Cal disse que eles têm um acervo muito bom — respondeu Bree. — Eu só quero dar uma olhada. Depois da noite passada, fiquei realmente interessada em Wicca. Tive uma sensação tão boa depois, como se eu tivesse praticado ioga, feito uma massagem ou algo assim.

— Foi *bem* intenso — concordei. — Mas você não se sentiu mal esta manhã?

— Não. — Bree olhou para mim. — Você deve estar ficando doente. Parecia péssima ontem à noite, quando estávamos voltando do círculo.

— Obrigada, é reconfortante ouvir isso — falei, com sarcasmo.

Bree empurrou meu cotovelo de um jeito brincalhão.

— Você entendeu o que eu quis dizer.

Ficamos em silêncio por alguns minutos.

— Você tem planos para hoje à noite? — perguntei a ela. — Minha tia Eileen vai jantar lá em casa.

— É? Com a namorada nova?

— Acho que sim.

Bree e eu erguemos a sobrancelha uma para a outra. Minha tia Eileen, irmã mais nova de minha mãe, é gay. Ela e sua parceira de longa data tinham terminado havia dois anos, então estávamos todos felizes que ela, enfim, estivesse namorando de novo.

— Nesse caso, eu definitivamente posso ir jantar. Olha, chegamos. — Ela estacionou Brisa perto do meio-fio, a 45 graus, e nós saltamos. Passamos pela Sit 'n' Knit, pela farmácia Meyer's, pela Goodstall's Children's Shoes e por uma Baskin-Robbins. No fim da fileira de lojas, Bree olhou para cima e disse: — Deve ser aqui. — Em seguida, empurrou uma pesada porta de vidro duplo e entrou na loja.

Olhei para baixo e vi uma estrela de cinco pontas inscrita num círculo pintada em roxo na calçada; igual ao pingente de prata de Cal. Na porta de vidro, letras douradas anunciavam: Mágicka Prática, Suprimentos para a Vida. Fiquei intrigada com a estranha maneira como a palavra "mágica" estava escrita.

Eu me sentia um pouco como Alice, prestes a entrar na toca do coelho, ciente de que o simples fato de entrar naquela loja de algum modo me levaria a uma jornada cujo fim eu não poderia prever. E achei essa ideia irresistível. Respirei fundo e segui Bree para dentro da livraria.

A loja era pequena e mal iluminada. Bree foi em frente, analisando as mercadorias expostas nas prateleiras enquanto eu continuava parada junto à porta, dando-me um tempo para ajustar a vista depois da luz brilhante do sol outonal que havia do lado de fora. O ar estava carregado de um incenso que não me era familiar, e eu quase podia sentir a fumaça subindo em círculos e tocando em mim enquanto se enrolava em minhas pernas.

Depois de piscar algumas vezes, vi que a loja era comprida e estreita, e que tinha o teto muito alto. Encostadas às paredes, estantes de madeira que pareciam feitas em casa dividiam a loja em duas. A metade que eu via à minha frente estava repleta de livros do chão ao teto: volumes antigos encadernados em couro, edições de bolso com modernas capas coloridas e panfletos baratos que pareciam ter sido xerocados e grampeadas à mão. Li algumas das placas de categorização escritas à mão: Mágicka, Tarô, História, Artesanato, Cura, Ervas, Rituais, Previsão do Futuro... E dentro de cada categoria, havia subcategorias. Era tudo muito organizado, embora essa não fosse a primeira impressão.

Só de olhar para as lombadas dos livros, senti minha mente desabrochar como uma flor. Eu não sabia que livros como aqueles existiam — antigos volumes descrevendo mágickas e rituais. Estava vendo um mundo completamente novo.

Bree não estava à vista, então segui pelo corredor e me dirigi ao outro lado da loja. Ela estava olhando para uma grande estante que parecia o paraíso das velas. Havia modelos de tudo quanto era tipo: enormes velas cilíndricas; pequenas, de aniversário; em forma de pessoas, tanto homens quanto mulheres; finas, para mesas de jantar; votivas, em forma de estrela... No que você pensasse, a loja tinha.

— Ai, meu Deus! — exclamei, apontando para uma vela em forma de pênis em tamanho real. Ou, ao menos, presumi que fosse em tamanho real. Eu não via um de perto desde que Robbie mostrara o dele em sala de aula, no primeiro ano do ensino fundamental.

— Vamos comprar algumas dessas para hoje à noite — brincou Bree, dando risadinhas. — Elas tornariam o jantar realmente festivo.

— Minha mãe cairia dura — respondi, rindo.

A maioria das outras velas era bonita e artesanal, de diferentes cores; algumas em tons terrosos, outras nas cores do arco-íris. Um versinho me veio à mente: *Luz da chama minha alma emana.* Eu não sabia de onde ele tinha vindo; provavelmente de algum livro infantil que eu havia lido quando era menor. Isso fez com que eu me lembrasse de como me sentira na noite anterior, olhando para a fogueira no meio do círculo.

— Você está procurando alguma coisa em particular? — perguntei.

Bree tinha ido examinar as prateleiras com potes de vidro, cada um deles contendo ervas e pós. Uma das seções era chamada de óleos essenciais, com fileiras e mais fileiras de frascos de vidro marrom-escuro. O ar ali era carregado de aromas: jasmim, laranja, patchuli, cravo, canela, rosa...

— Na verdade, não — disse Bree, lendo os rótulos. — Só estou dando uma olhada.

— Talvez devêssemos comprar um livro de história Wicca — sugeri. — Para iniciantes, no caso.

Bree olhou para mim.

— Você está entrando nessa, não é?

Assenti, meio sem graça.

— Achei legal. Estou interessada em aprender mais sobre o assunto.

— Tem certeza de que não é só uma quedinha por Cal? — provocou Bree, sorrindo.

Antes mesmo que eu pudesse responder, ela já estava analisando e abrindo uma pequena garrafa. O aroma de rosas depois de uma chuva de verão impregnou o ar.

Eu estava prestes a dizer que não era nada daquilo. Em vez disso, fiquei parada ali, olhando para os meus sapatos. Eu tinha mesmo uma quedinha por Cal. Embora eu soubesse melhor do que ninguém que ele não era para o meu bico, estava gostando dele. Que casal formaríamos: Cal, o cara mais lindo do mundo, e Morgana, a garota que nunca saiu com ninguém.

Fiquei parada em silêncio no corredor da Mágicka Prática, dominada por uma estranha sensação de desejo. Eu desejava Cal, e desejava... aquilo. Aqueles livros, aqueles cheiros, aquelas coisas. Novas emoções — paixão, anseio, uma curiosidade inexplicável e torturante — despertavam dentro de mim, e isso era ao mesmo tempo empolgante e assustador. Uma parte de mim queria que elas voltassem a adormecer.

Ergui os olhos para tentar explicar a Bree um pouco sobre como me sentia, mas ela já estava debruçada sobre um estojo de joias, muito concentrada, e eu não tinha a menor ideia de como expressar meus sentimentos em palavras.

Enquanto eu olhava inexpressivamente para os rótulos dos pacotes de incenso, senti um leve arrepio na nuca. Olhei para cima e me assustei com o olhar intenso que o balconista da loja lançava na minha direção.

Ele era um cara mais velho, de 30 e poucos anos, mas com o cabelo curto e grisalho, o que o fazia parecer ter mais idade do que provavelmente tinha. Ele me encarava de uma maneira extremamente focada, com o olhar imóvel, como se eu fosse uma nova espécie de réptil, algo incrivelmente interessante.

A maioria dos caras não me olha desse jeito. Para começar porque, em geral, estou com Bree ou com Mary K. Bree é realmente linda, e Mary K. é absolutamente fofa. Ouvi dizer que um garoto da minha turma, Bakker Blackburn, estava pensando em convidá-la para sair. Nossos pais já haviam até começado a instituir regras sobre encontros, namoros e todas essas coisas; regras com as quais não precisavam se preocupar no meu caso.

Virei as costas para o balconista. Será que ele havia me confundido com alguma conhecida? Finalmente Bree se aproximou e deu um tapinha no meu ombro.

— Encontrou algo interessante?

— Sim, isso aqui — respondi, apontando para um pacote de incenso chamado "Me ame esta noite".

— Oooh, baby — provocou Bree, rindo.

Em meio a gargalhadas, seguimos para as estantes de livros e começamos a ler os títulos. Havia uma estante inteira de exemplares intitulados *Livro das Sombras*. Eu os abri um a um, e estavam todos em branco, como se fossem diários. Alguns pareciam cadernos baratos; outros eram mais pomposos, com contracapas marmorizadas e folhas não refiladas; outros eram encadernados em couro gravado em letras douradas, muito grandes e pesados. De repente, senti uma certa aversão pelo diário de menininha, cor-de-rosa e com capa de vinil, que eu mantinha desde o nono ano.

Quinze minutos depois, Bree havia escolhido dois livros de referência Wicca, e eu, um sobre uma mulher que descobriu a Wicca aos 30 anos e como isso mudou sua vida. Parecia explicar a religião de uma maneira pessoal. Os livros eram meio caros, e eu não tinha o mesmo acesso que Bree ao cartão de crédito dos pais, por isso só comprei um.

Seguimos para a caixa.

— Isso é para você? — perguntou o balconista para Bree.

— Aham. — Ela vasculhou a bolsa em busca da carteira. — Podemos trocar os livros quando terminarmos de ler — sugeriu-me ela.

— Boa ideia — concordei.

— Vocês já têm tudo de que precisam para o Samhain? — perguntou o balconista.

— Samhain? — Bree ergueu os olhos.

— Um dos maiores festivais Wiccanos — respondeu o balconista, apontando para um pôster preso na parede com tachinhas enferrujadas. O pôster mostrava uma grande roda púrpura. No topo dele, estava escrito "Os sabás dos bruxos". Em oito pontos espalhados em volta do círculo estavam escritos os festivais da Wicca e suas datas. O Mabon aparecia na posição de 9 horas do círculo. Na posição aproximada das 10h30 estava escrito *Samhain*, 31 de outubro. Analisei o círculo, fascinada. Yule, Imbolc, Ostara, Beltane, Litha, Lammas, Mabon, Samhain. As palavras me eram ao mesmo tempo estranhas e, de algum modo, familiares e poéticas.

Batendo o dedo sobre a data em questão, o balconista disse:

— Comprem suas velas laranja e pretas de uma vez.

— Ah, está bem — concordou Bree.

— Se vocês precisarem de mais informações, temos alguns ótimos livros sobre nossos festivais, sabás e esbats — sugeriu. Ele falava com Bree, mas olhava para mim. Eu estava louca pelos livros, mas não tinha dinheiro suficiente.

— Espere aqui... Eu vou buscá-los. — Bree seguiu-o de volta até as estantes para buscar os livros que ele recomendara.

Ouvi uma lâmpada estalar acima de mim, e senti a fumaça do incenso subir em espiral sobre a pequena vareta. Enquanto estava ali, era como se tudo à minha volta estivesse praticamente vibrando, como se tudo estivesse cheio de energia, tipo uma colmeia. Pisquei e balancei a cabeça. De repente, meu cabelo parecia pesado. Desejei que Cal estivesse ali.

O balconista voltou, enquanto Bree continuava olhando os livros. Ele me encarou. O silêncio era tão desconcertante que o quebrei.

— Por que mágicka está escrito com K?

— Para diferenciá-la da mágica ilusionista — respondeu ele, como se o fato de eu não saber disso fosse muito estranho.

Ele imediatamente voltou a me encarar em silêncio.

— Qual é o seu nome? — perguntou por fim, com uma voz suave.

Olhei para ele.

— Humm. Morgana. Por quê?

— O que eu queria dizer era: quem é você? — Apesar de suave, sua voz tinha um leve toque de insistência.

Quem sou eu? Franzi o cenho ao olhar para ele. O que ele esperava que eu dissesse?

— Sou uma aluna do segundo ano na escola Widow's Vale — falei, hesitante.

O balconista parecia confuso, como se estivesse me fazendo uma pergunta em inglês e eu insistentemente houvesse respondido em espanhol.

Bree voltou, carregando um livro chamado *Sabás: passado e presente*, de Sarah Morningstar.

— Vou levar este também — disse ela, deslizando o livro pelo balcão. O homem o registrou em silêncio.

Então, enquanto Bree pegava sua sacola de papel, ele disse para mim:

— Talvez você se interesse por um de nossos livros de história. — Ele levou a mão até a parte de baixo do velho balcão de madeira para pegá-lo.

O livro é preto, pensei. Então o balconista puxou um livro de bolso de capa preta. O título era *Os sete grandes clãs: uma análise das origens da bruxaria.*

Olhei para o livro, tentada a gritar: "É meu!" Mas é claro que não era meu; eu nunca o tinha visto antes. Perguntei-me por que ele me parecia tão familiar.

— É praticamente uma leitura obrigatória — disse o balconista, olhando para mim. — É importante saber algumas coisas sobre os bruxos de sangue. Nunca se sabe quando vamos conhecer um deles.

Balancei a cabeça depressa, concordando.

— Vou levá-lo — falei, e peguei minha carteira. Comprar aquele livro me deixou completamente pobre.

Depois que comprei meus livros, pegamos nossas sacolas e saímos de novo para a luz do dia ensolarado. Bree pôs seus óculos escuros e imediatamente ficou parecendo uma celebridade tentando se manter incógnita.

— Que lugar legal, né?

— Muito — concordei, embora, para mim, isso não expressasse nem uma pequena parcela das emoções que se agitavam em meu peito.

7

Metamorfose

"Em muitas vilas, inocentes procuram as bruxas locais como curandeira, parteira ou feiticeiras. É melhor se submeter à vontade de Deus, pois a morte chega para todos no tempo certo."

— MADRE CLAIRE MICHAEL,
em carta para sua sobrinha, 1824

Não paro de pensar na Mágicka Prática e na estranha mistura de medo e familiaridade que senti lá. Por que os nomes dos esbats e dos festivais pareciam lembranças profundamente enterradas em minha mente? Nunca considerei muito a possibilidade de haver vidas passadas, mas agora, quem sabe?

— Morgana! Mary K.! — chamou minha mãe, do andar de baixo. — Eileen chegou!

Pulei da cama, marquei a página do livro que estava lendo e o coloquei na escrivaninha, ao lado do meu diário, tentando me forçar a voltar para o mundo normal. Eu estava maravilhada com o que havia lido: sobre as raízes da Wicca na Europa pré-cristã, milhares e milhares de anos atrás.

Meu cérebro ainda estava embotado quando desci as escadas, de meias, no mesmo momento em que meu pai chegou à porta da frente com sacolas de comida do Kabob Palace, o único restaurante árabe de Widow's Vale.

Fui para a sala de estar, onde o restante do grupo já estava reunido.

— Oi, tia Eileen — falei, e lhe dei um abraço.

— Oi, querida — respondeu ela. — Gostaria que conhecesse minha amiga Paula Steen.

Paula se levantou enquanto eu me virava para ela, com um sorriso no rosto. Minha primeira impressão foi de ver animais, como se Paula estivesse coberta por eles. Fiquei imóvel e pisquei. Quero dizer, eu via *Paula*: ela era um pouco mais alta que eu, com cabelo castanho-claro na altura dos ombros e enormes olhos verde-claros. Mas eu também via cães, gatos, pássaros e coelhos em toda a sua volta. Era estranho e assustador, e, por um instante, entrei em pânico.

— Oi, Morgana — disse Paula, com voz amigável. — Humm... você está bem?

— Estou vendo animais — falei, vacilante, pensando se deveria me sentar e colocar a cabeça entre as pernas.

Paula riu.

— Acho que nunca consigo realmente me livrar de todo o pelo — disse ela, sem rodeios. — Sou veterinária e acabei de sair do plantão na clínica — explicou. Ela baixou os olhos para sua saia e casaco. — Achei que com bastante fita adesiva eu ficaria apresentável.

—- Ah, você está! — respondi, me sentindo idiota. — Você está ótima. — Balancei a cabeça e pisquei algumas vezes, então todas aquelas imagens desapareceram. — Não sei o que há de errado comigo.

— Talvez você seja telepata — sugeriu Paula, com a mesma simplicidade de quem sugeria que eu era vegetariana ou democrata.

— Ou talvez ela seja só meio esquisita — disse Mary K. alegremente, ao que eu respondi dando um chute na perna dela.

A campainha tocou, e corri para atender.

— Como ela é? — perguntou Bree com um sussurro, entrando no hall.

— *Ela* é ótima. *Eu* sou louca — sussurrei de volta, enquanto ela pendurava o casaco num cabideiro.

— Você pode me explicar depois — retrucou ela, então me seguiu até a sala de estar para conhecer Paula.

Alguns minutos depois, mamãe chamou:

— OK! Por que todos vocês não vêm para cá e se sentam? O jantar está pronto.

Assim que estávamos devidamente acomodados e servidos, voltei a pensar no que eu dissera. Por que tinha visto aquelas imagens de animais? Por que não fiquei calada?

Apesar da minha esquisitice, o jantar foi ótimo. Gostei da Paula de cara. Ela era amável, divertida e obviamente louca pela tia Eileen. Eu me sentia feliz que Bree estivesse lá, conversando com todos e implicando com Mary K. Ela parecia uma de nós, era da família. Certa vez, me dissera que adorava jantar lá em casa, porque se sentia numa família de verdade. Na casa dela, geralmente eram apenas ela e o pai. Ou só ela, comendo sozinha.

Enquanto me servia de mais tabule, ergui os olhos distraidamente e disse:

— Ah, mamãe, é a Sra. Fiorello.

— O quê? — perguntou minha mãe, mergulhando o pão árabe no homus.

Só então o telefone tocou, e ela se levantou para atender. Ela falou na cozinha por um minuto, depois desligou, voltou e se sentou. Olhou para mim.

— Era Betty Fiorello — falou. — Ela disse que me ligaria?

Neguei com a cabeça e me concentrei no tabule.

Bree e Mary K. começaram a cantarolar a música de *Arquivo X*.

— Ela *é mesmo* telepata — disse tia Eileen, rindo. — Rápido, que time vai vencer o campeonato mundial de beisebol?

Ri, envergonhada, e respondi:

— Desculpe, não me ocorre nada.

O jantar prosseguiu, e Mary K. continuou me provocando por causa dos meus poderes sobrenaturais. Senti os olhos da mamãe em mim algumas vezes.

Talvez, desde que eu estivera no círculo, desde que banira as limitações, algo dentro de mim estivesse se abrindo. Eu não sabia se deveria me sentir contente ou apavorada. Queria conversar sobre isso com Bree, mas ela teve que voltar para casa logo depois do jantar.

— Tchau, Sr. e Sra. Rowlands — disse ela, vestindo o casaco. — Obrigada pelo jantar, estava delicioso. Prazer em conhecê-la, Paula.

Mais tarde, depois que tia Eileen e Paula foram embora, subi e fiz o dever de casa de cálculo. Liguei para Bree, mas ela estava assistindo ao jogo de futebol americano com o pai e disse que falaria comigo no dia seguinte.

Por volta das onze horas, senti uma estranha necessidade de ligar para Cal e contar o que estava acontecendo comigo. Por sorte, percebi como isso seria completamente insano e deixei a vontade passar. Adormeci com o rosto sobre *Os sete grandes clãs*.

— Bem-vindos à companhia aérea Rowlands — entoei na segunda-feira de manhã quando Mary K. entrou no carro, tentando equilibrar sua bandeja de papelão para que os ovos mexidos não deslizassem para seu colo. — Por favor, apertem os cintos e mantenham seus assentos na posição vertical.

Mary K. riu e deu uma mordida na salsicha do seu sanduíche.

— Parece que vai chover — disse ela, mastigando.

— Espero que chova, assim o Sr. Herndon não vai limpar as malditas calhas — falei, segurando o volante com os joelhos para abrir um refrigerante.

Mary K. parou e estreitou os olhos.

— Humm, OK — falou, num tom exageradamente apaziguador. — *Também* espero. — Ela continuava mastigando e me olhava de lado. — Estamos de volta ao *Arquivo X*?

Tentei rir, mas estava confusa com minhas próprias palavras. Os Herndon eram um casal de senhores que morava três casas adiante da nossa. Eu quase nunca pensava neles.

— Talvez você esteja se metamorfoseando num ser maior — sugeriu minha irmã, abrindo uma caixinha de suco de laranja. Ela tomou um longo gole, depois limpou a boca com as costas da mão. Seus cabelos lisos, brilhantes e castanho-avermelhados caíam perfeitamente sobre seus ombros, com as pontas viradas para fora. Ela era linda e feminina, como nossa mãe.

— Já sou um ser superior — lembrei a ela.

— Eu disse maior, não superior — disse Mary K.

Tomei mais um gole do refrigerante e suspirei, sentindo meus neurônios acordarem. Mais um gole e eu estaria pronta para encarar o dia. Cal estaria na escola. A simples ideia de vê-lo em breve, de falar com ele, me deixou tão prazerosamente nervosa que apertei as mãos no volante.

— Humm, Morgana? — A voz de Mary K. era hesitante.

— O que foi?

— Pode me chamar de antiquada, mas temos o costume de parar nos sinais vermelhos.

De repente, fiquei atenta e me inclinei para a frente, tensa para frear. Com uma rápida olhada para trás, vi que eu havia acabado de avançar um sinal vermelho no cruzamento da St. Mary com a Dimson. Àquela hora da manhã, sempre havia movimento. É incrível que não tenhamos nos envolvido num acidente; ninguém sequer buzinou.

— Meu Deus, Mary K., me desculpe — falei, agarrada ao volante. — Eu estava sonhando acordada. Desculpe. Tomarei mais cuidado.

— Isso seria bom — disse ela, calmamente. Em seguida, comeu o que restava de seus ovos mexidos e jogou a bandeja na lixeira do carro.

Conseguimos chegar à escola sem que eu nos matasse, e encontrei uma ótima vaga praticamente em frente ao prédio. Mary K. logo foi cercada por um grupo de amigos que correram para cumprimentá-la. Minha irmã chegou: a festa já podia começar.

Vi Bree e Robbie juntos; não perto dos maconheiros, nem dos nerds, nem dos descolados, mas numa área completamente nova, perto dos bancos de cimento que ficam de frente um para o outro, no fim do caminho de paralelepípedos ao lado da porta leste do prédio. Raven também estava lá, assim como Jenna e Matt, Beth, Ethan, Alessandra, Todd, Suzanne, Sharon e Cal. Todos os que haviam participado do círculo no sábado à noite. Meu coração começou a bater devagar, meio entorpecido.

Antes que eu chegasse lá, Chris se aproximou e falou algo para Bree. Ela franziu a testa e se afastou com ele, falando seriamente.

— Oi, Morgana — disse Tamara, aproximando-se de mim.

Lancei um olhar para Cal, que estava conversando com Ethan.

— Oi — respondi. — Como foi o fim de semana?

— Legal. Liguei para você no domingo, mas acho que você devia estar na igreja. Como foi o círculo? O que aconteceu depois que fui embora?

Dei um sorriso sem graça.

— Foi bem legal. Apenas fizemos uma roda e andamos em volta do fogo. Falamos de coisas das quais queríamos nos livrar.

— Tipo... da poluição ou algo assim? — perguntou Tamara.

— Poluição! — exclamei. — Essa teria sido uma boa ideia. Queria ter pensado nisso. Mas não, falamos de coisas como raiva e medo. Ethan tentou banir a madrasta.

Tamara riu, e Janice se juntou a nós.

— Oi — disse ela, ajeitando os óculos sobre o nariz delicado. — Tam, preciso deixar um trabalho no escaninho do Dr. Gonzalez. Quer ir comigo?

— Claro — respondeu Tamara. — Você vem, Morgana?

— Não, tudo bem.

Elas se afastaram, e eu me dirigi aos bancos de cimento.

— Oi, Morgana — cumprimentou-me Jenna, de um jeito amigável.

— Oi — respondi.

— Estamos falando do nosso próximo círculo — disse Raven. — Quer dizer, se você já tiver se recuperado. — Hoje, ela vestia um corselet de barbatanas marrom-avermelhado, uma saia preta, *ankle boots* pretas e um casaco de veludo da mesma cor. Chamativo.

Senti minhas bochechas ficarem quentes.

— Já me recuperei — falei, mexendo no zíper do moletom.

— Não é incomum que pessoas sensitivas tenham algum tipo de reação em seu primeiro círculo — disse Cal, com sua voz grave. O timbre dele flutuou em meu peito. — Aconteceu comigo.

— Ooh, Morgana, a sensitiva — provocou Todd.

— Então, quando vai ser o próximo círculo? — perguntou Suzanne, jogando para trás o cabelo parafinado.

Cal olhou para ela com tranquilidade.

— Acho que você não está convidada para nosso próximo círculo — declarou.

Suzanne pareceu chocada.

— O quê? — perguntou, forçando uma risada.

— Não — continuou Cal. — Nem você nem Todd. Nem Alessandra.

Os três olharam para ele, e eu me senti muito feliz. Eu me lembrava de como eles tinham sido debochados no sábado à noite. Eram da turma de Bree, e era impensável que alguém os enfrentasse ou excluísse do que quer que fosse. Eu estava adorando aquilo.

— Do que você está falando? — perguntou Todd. — Não fizemos a coisa do jeito certo? — O tom dele era beligerante, como se tentasse esconder o constrangimento.

— Não — disse Cal. — Não fizeram a coisa do jeito certo.

Ele não deu nenhuma outra explicação, e todos ficamos ali, esperando para ver o que aconteceria em seguida.

— Não acredito nisso — disse Alessandra.

— Eu sei — falou Cal. Ele soava quase consolador.

Todd, Alessandra e Suzanne olharam uns para os outros, depois para Cal e para o restante de nós. Ninguém disse nada, nem pediu que eles ficassem. Foi bastante estranho.

— Humm — murmurou Todd. — Acho que sabemos quando não somos bem-vindos. Vamos, garotas.

Ele ofereceu os braços para Alessandra e Suzanne, e elas não tiveram escolha senão aceitá-los. Pareciam humilhados e furiosos, mas a culpa era deles mesmos.

Ousei dar a Cal um olhar de agradecimento, e ele manteve seus olhos fixos nos meus por vários instantes. Eu não conseguia desviar.

De repente, Cal se afastou do banco onde estava apoiado e se aproximou até parar bem na minha frente.

— O que tenho nas mãos? — perguntou, com os braços atrás das costas.

Arqueei a sobrancelha por um segundo, então respondi:

— Uma maçã. Verde e vermelha.

Era como se eu a tivesse visto na mão dele.

Cal sorriu, e seus olhos expressivos e dourados se enrugaram nos cantinhos. Tirando os braços de trás das costas, ele me entregou uma maçã vermelha e esverdeada, com uma folha ainda presa ao cabo.

Sentindo-me esquisita e envergonhada, ciente de que todos olhavam para mim, peguei a fruta e a mordi, torcendo para que o sumo não escorresse pelo meu queixo.

— Belo chute — disse Raven, parecendo irritada. Ocorreu-me, então, que ela provavelmente estava apaixonada por Cal.

— Não foi um chute — falou ele baixinho, com os olhos fixos em mim.

Quando Mary K. e eu voltamos para casa naquela tarde, descobrimos que o Sr. Herndon havia caído de uma escada enquanto limpava as calhas. Ele havia quebrado a perna. Mary K. começou a me chamar de a Incrível Kreskin. Fiquei tão assustada que liguei para Bree e perguntei se podia ir à casa dela depois do jantar.

8

Cal e Bree

"Existem Sete Casas de Bruxaria. Elas se mantêm fechadas através de casamentos dentro dos próprios clãs. Seus filhos são quase aberrações, com olhos capazes de enxergar à noite e poderes inumanos."

— FEITICEIRAS, BRUXAS E MAGOS,
Altus Polydarmus, 1618

Há uma centelha ali. Eu não estava enganado. Eu a vi de novo hoje. Mas ela ainda não percebeu nada. Tenho que esperar. Preciso mostrar a ela, mas com muito cuidado.

Bree abriu a porta. O ar noturno estava congelante, mas eu me sentia confortável em meu suéter.

— Entre. Quer beber alguma coisa? Fiz café.

— Parece bom — falei, seguindo-a pela enorme cozinha dos Warren, que parecia até profissional.

Bree serviu duas grandes canecas de café, depois acrescentou leite e açúcar.

— Seu pai está?

— Sim. Trabalhando, como sempre — respondeu ela, mexendo nossas bebidas.

O Sr. Warren é advogado. Não sei exatamente o que faz, mas é o tipo de coisa em que ele e um bando de outros advogados defendem grandes empresas de pessoas que as processam. Ele ganha uma fortuna, mas quase nunca está por perto, pelo menos agora que Bree está maior.

Cinco anos antes, quando Bree tinha 12 anos e seu irmão mais velho, Ty, tinha 18, a mãe deles se divorciou do marido e foi embora. Foi um grande escândalo na cidade: a Sra. Warren se mudara para a Europa a fim de viver com o namorado muito mais jovem. Desde então, Bree só viu a mãe uma vez, e quase nunca fala dela.

No andar de cima, no grande quarto de Bree, fui direto ao ponto:

— Acho que estou enlouquecendo. Você acha que o círculo era perigoso ou algo assim? — Eu me sentei ereta em seu pufe de camurça cor de canela.

— Do que você está falando? — perguntou Bree, recostando-se nos travesseiros de sua cama de casal. — Tudo o que fizemos foi dançar em um círculo. Como poderia ser perigoso?

Então falei sobre meu sexto sentido recém-descoberto e como isso havia começado depois da noite de sábado. Muito depressa, contei como tinha me sentido mal no domingo e visto animais em volta de Paula. Como soube do Sr. Herndon e adivinhado sobre a maçã de Cal. Também lembrei a ela do telefonema para mamãe durante o jantar.

Bree fez um gesto com a mão.

— Bem, se essas coisas estivessem acontecendo comigo, eu também ficaria um pouco impressionada. Mas preciso dizer que, ouvindo você falar, parece que está exagerando um pouco — disse ela, gentilmente. — Quero dizer, você pode ter ouvido sua mãe mencionar os números dos hinos. Já conversamos sobre isso. Sobre o telefonema... a Sra. Fiorello liga pra sua mãe o tempo todo, não é? Meu Deus, ela ligou todas as vezes em que estive na sua casa! Não posso explicar como você viu os animais; talvez seu subconsciente os tenha farejado de algum modo. E as outras coisas... talvez sejam só algumas coincidências estranhas, todas ao mesmo tempo, o que aumenta a coisa e deixa você assustada. Mas não acho que você esteja enlouquecendo. — Ela sorriu. — Pelo menos, ainda não.

Eu me senti um pouco melhor.

— É que é tudo de uma vez — expliquei. — E toda essa coisa de Wicca... Você tem lido sobre isso?

— Aham. Por enquanto estou gostando. É basicamente sobre mulheres — disse ela, e riu. — Não é de espantar que Cal esteja envolvido nisso.

Dei um sorriso irônico.

— Coitado do Justin Bartlett.

— Ah, Justin está saindo com um cara do Seven Oaks — disse Bree, com desdém. — Ele não pode fisgar Cal também. Ah, você se lembra de todos aqueles Livros das Sombras que vimos na Mágicka Prática?

— Lembro.

— São para bruxos — disse Bree, animada. — Eles escrevem as coisas em seus Livros das Sombras. Como um diário. Anotam feitiços e outras coisas. Não é legal?

— É — concordei. — Você acha que os bruxos daqui os compram lá?

— Com certeza.

Tomei o café, torcendo para que ele não me mantivesse acordada a noite toda.

— Você acha que Cal tem um Livro das Sombras? — perguntei. — Com anotações sobre nossos círculos?

Eu estava tentando chegar no ponto de falar para Bree sobre o que eu sentia por Cal, mas estava com vergonha. Isso era maior e mais difícil de explicar que qualquer quedinha boba que eu já tivera por alguém. E, embora Bree tenha citado isso tão casualmente na Mágicka Prática, ela não sabia o quanto eu gostava de Cal, o quão profundos eram meus sentimentos.

— Ah, aposto que sim — disse ela, interessada. — Eu adoraria vê-lo. Mal posso esperar pelo próximo círculo... Até já sei o que vou vestir.

Eu ri.

— E o que Chris pensa disso?

Bree ficou séria por um momento.

— Isso não importa, na verdade. Vou terminar com ele.

— Sério? Que pena. Vocês se divertiram tanto no verão... — Senti meu estômago se revirar de nervoso e me recostei no pufe.

— É, mas, em primeiro lugar, ele começou a agir como um idiota, tentando mandar em mim. Ah, vai se ferrar.

Concordei com a cabeça e perguntei:

— E em segundo lugar?

— Ele odeia toda essa coisa de Wicca, e eu acho legal. Se ele não vai apoiar meus interesses, então, quem precisa dele?

— Verdade — falei, ansiosa por ter minha amiga disponível para sair comigo mais vezes, pelo menos até ela encontrar um substituto para Chris.

— E, em terceiro lugar... — disse ela, enrolando o cabelo curto ao redor do dedo.

— O quê? — Sorri e tomei o último gole do café.

— Estou total e completamente louca por Cal Blaire — anunciou Bree.

Por longos instantes, fiquei sentada ali, envolvida pelo pufe. Meu rosto estava paralisado, assim como o ar em meus pulmões. Grande coisa ser a Incrível Kreskin. Por que não percebi isso antes?

Aos poucos, bem devagar, soltei a respiração. Lentamente, inspirei de novo.

— Cal? — perguntei, tentando parecer calma. — É por isso que você quer terminar com Chris?

— Não, eu já falei... Chris tem sido um imbecil. Eu terminaria com ele de qualquer jeito — explicou Bree, com os olhos escuros brilhando no lindo rosto.

Em minha cabeça, impulsos nervosos estavam sendo disparados freneticamente, mas consegui formular um pensamento.

— É por isso que *você* está interessada na Wicca? — perguntei. — Por causa de Cal?

— Não. Na verdade, não — disse Bree, pensativa, olhando para o delicado tecido que pendia do dossel da sua cama. — Acho que eu ia gostar da Wicca mesmo sem Cal. Mas eu estou só... me apaixonando por ele de verdade. Quero estar com ele. E se tivermos essa grande coisa em comum... — Ela deu de ombros. — Talvez isso nos ajude a ficar juntos.

Abri a boca, com medo de que mil palavras horríveis, mesquinhas, raivosas e invejosas saíssem dela. Então a fechei de novo, trincando os dentes. Tantos pensamentos dolorosos se revolviam em minha mente que eu nem sabia por onde começar. Eu estava magoada? Com raiva? Com vontade de me vingar? Aquela era *Bree*. Minha melhor amiga praticamente da vida inteira. Ambas odiávamos os garotos no quarto ano. Ambas ficamos menstruadas no sexto. Tivemos uma quedinha pelos Hanson no oitavo. E, no nono, juramos manter essa quedinha em sigilo eterno.

E agora Bree me dizia que estava louca pelo único cara por quem eu já havia sentido algo sério. O único garoto que desejei, mesmo sabendo que jamais poderia conquistá-lo.

Eu deveria ter previsto isso. Meus próprios sentimentos me cegaram. Cal é indiscutivelmente lindo, e Bree se apaixona com facilidade. É óbvio que ela se sentiria atraída por ele. É óbvio que Chris não seria páreo para um cara como Cal.

Bree era tão perfeita. E Cal também. Eles formariam um lindo casal. Senti que ia vomitar.

— Humm... — murmurei, com a mente disparando, histérica. Tentei tomar um gole da caneca vazia. Cal e Bree. Cal e *Bree*.

— Você não aprova? — perguntou ela, com as sobrancelhas erguidas.

— Se eu aprovo ou não, o que importa? — falei, tentando manter meu rosto normal. — Só que parece que ele já sai com algumas pessoas diferentes. E acho que Raven também está tentando pôr as garras nele. Não quero que você se machuque — ouvi a mim mesma tagarelando.

Bree sorriu para mim.

— Não se preocupe comigo. Acho que posso lidar com ele. Na verdade, *quero* lidar com ele — brincou. — De todos os modos.

O sorriso forçado se congelou no meu rosto.

— Bem, boa sorte.

— Obrigada — disse Bree. — Vou te deixar a par das coisas.

— Aham. Bom, obrigada por me ouvir — falei, levantando-me. — É melhor eu ir para casa. Vejo você amanhã.

Saí do quarto e da casa de Bree muito cuidadosamente, como seu eu tentasse não dar uma topada em uma ferida.

Dei partida em Das Boot e percebi que lágrimas geladas escorriam pelo meu rosto. Bree e Cal! Ah, Deus. Eu nunca, jamais, poderia ficar com ele. E ela, *sim*. Senti uma dor física se instalar no meu peito e chorei por todo o caminho até em casa.

9
Sedenta

"Cada uma das Sete Casas tem um nome e domina uma arte. Um homem comum não tem chance alguma contra essas bruxas: é melhor encomendar sua alma a Deus do que se envolver numa batalha com os Sete Clãs."

— OS SETE GRANDES CLÃS, Thomas Mack, 1845

Estou ficando louca? Estou mudando, por dentro. Minha mente está se expandindo. Agora vejo em cores, não mais em preto e branco. Meu universo está se expandindo à velocidade da luz. Estou assustada.

No dia seguinte, acordei cedo, depois de ter passado a noite toda infeliz. Tivera sonhos horríveis e realistas, a maioria envolvendo Cal... e Bree. Havia chutado as cobertas para longe, e agora estava congelando, então as puxei de volta e me enfiei debaixo delas, com medo de voltar a dormir.

Deitada na cama, observei minha janela ficar cada vez mais iluminada. Eu quase nunca via essa hora da manhã, e meus pais tinham razão: há algo mágico no nascer do sol. Por volta das seis e meia, eles acordaram. Foi reconfortante ouvi-los se movendo pela cozinha, fazendo café, despejando cereais em vasilhas. Às sete, Mary K. entrou no banho.

Virei-me de lado e fiquei pensando nas coisas. O senso comum me dizia que Bree tinha muito mais chances com Cal do que eu. Eu não tinha chance alguma. Não estava no nível de Cal, e Bree, sim. Eu não queria ver minha amiga feliz? Se ela saísse com Cal, eu não poderia vivenciar isso indiretamente, através dela?

Gemi. Quão doentio é *isso*?, perguntei-me.

Eu estava bem com a ideia de Bree e Cal saírem? Não. Eu preferia comer ratos. Mas se eu *não* estivesse bem com isso e eles de fato *saíssem* — e não havia motivos para presumir que eles não sairiam —, talvez isso significasse perder a amizade de Bree. E provavelmente parecer bem idiota.

Quando o despertador tocou, anunciando a hora de ir para a escola, eu já havia decidido fazer o supremo sacrifício e nunca deixar Bree saber o que eu sentia por Cal, independentemente do que acontecesse.

— Algumas pessoas vão para minha casa no sábado à noite — disse Cal. — Pensei que poderíamos fazer outro círculo. Não é nenhuma celebração nem nada. Mas seria legal nos reunirmos.

Ele estava agachado na minha frente, com um joelho bronzeado aparecendo pelo rasgo do jeans desbotado. Minha bunda estava gelada porque eu estava sentada nos degraus de concreto da escola, esperando que a sala de aula abrisse para o encontro do clube de matemática. Como se tivesse reconhecido o Mabon, o equinócio de outono que acontecera na semana anterior, o clima subitamente se tornara mais gelado.

Deixei-me ser aprisionada pelos olhos dele.

— Ah — falei, admirada com as pequenas linhas douradas e marrons que circundavam suas pupilas.

Na terça-feira, Bree havia terminado com Chris, e ele não aceitara isso muito bem. Na quarta, Bree já se sentava ao lado de Cal no almoço, chegava na escola mais cedo para falar com ele e passava o máximo de tempo possível o acompanhando. Segundo ela, ainda não tinham se beijado nem nada, mas ela tinha esperanças. Em geral, não levava muito tempo até ela conseguir o que queria.

Agora era quinta-feira, e Cal estava falando comigo.

— Por favor, vá — pediu, e senti como se ele estivesse me oferecendo algo perigoso e proibido.

Outros alunos passaram por nós sob a luz fraca da tarde, nos lançando olhares curiosos.

— Humm — falei, daquele meu jeito superarticulado. A verdade é que eu estava louca para fazer outro círculo, para explorar a Wicca em vez de apenas ficar lendo sobre ela. Eu me sentia sedenta por isso, de um jeito que não me era familiar.

Por outro lado, se eu fosse, veria Bree dar em cima de Cal bem na minha frente. O que seria pior: *vê-la* ou *imaginá-la* fazendo isso?

— Humm, acho que posso ir — falei.

Ele sorriu, e eu literalmente — *literalmente* — senti meu coração palpitar.

— Você não parece muito empolgada — disse ele.

Completamente admirada, eu o observei pegar uma mecha de cabelo que pendia perto do meu cotovelo e puxá-la gentilmente. Sei que não há terminações nervosas no cabelo, mas, naquele momento, senti algumas. Uma onda quente subiu do meu pescoço até minha testa. "Ai, meu Deus, como sou idiota", pensei, inevitavelmente.

— Andei lendo sobre Wicca — disparei. — Eu... gostei, de verdade.

— É?

— É. Meio que... me parece correto... de certa forma — titubeei.

— É mesmo? Fico feliz por ouvir você dizer isso. Tive medo de que ficasse assustada depois do último círculo. — Cal sentou-se ao meu lado nos degraus.

— Não — falei, ansiosa, sem querer que a conversa acabasse. — Quero dizer, me senti um lixo depois, mas... também me senti viva. Foi... como uma revelação para mim. — Ergui os olhos para ele. — Não sei explicar.

— Não precisa — disse ele, baixinho. — Sei o que quer dizer.

— Você... Você faz parte de um coven?

— Não mais — respondeu Cal. — Eu o larguei quando nos mudamos. Tenho esperança de que, se algumas pessoas daqui se interessarem, poderemos formar um novo.

Respirei fundo.

— Quer dizer que nós podemos simplesmente... criar um?

Você já viu um deus rir? Faz você prender a respiração e se sentir esperançosa, ter calafrios e ficar animada, tudo ao mesmo tempo. Observar Cal rindo era mais ou menos assim.

— Bem, não de imediato — esclareceu ele, com um sorriso. — Tradicionalmente, é preciso estudar por um ano e um dia antes de poder ser convidado a se juntar a um coven.

— Um ano e um dia — repeti. — E então você se torna... o quê? Uma bruxa? Ou um feiticeiro?

As palavras soaram dramáticas, quase caricatas. Pelo modo como falávamos baixo, com as cabeças inclinadas na direção um do outro, parecíamos conspiradores. Seu pingente de prata, que agora eu sabia que era um pentáculo, um símbolo da crença bruxa, pendia da gola em V de sua camisa, recostado à pele. Atrás de Cal, vi Robbie entrar na sala de aula onde o clube de matemática iria se reunir. Eu teria que ir em um minuto.

— Um bruxo — disse Cal. — Mesmo para os homens.

— Você já fez isso? — perguntei. — Já foi iniciado? — As palavras pareciam ter um duplo sentido, e rezei para não corar de novo.

Ele assentiu.

— Quando eu tinha 14 anos.

— Sério?

— Sim. Minha mãe que presidiu a cerimônia. Ela era a sumo-sacerdotisa de um coven, o Starlocket, então eu já estudava e aprendia sobre a Wicca havia anos. Por fim, quando eu tinha 14, pedi para ser iniciado. Isso faz quase quatro anos; completo 18 no mês que vem.

— Sua mãe é uma sumo-sacerdotisa? Ela formou um novo coven aqui?

Do lado de fora escurecia e esfriava. Dentro da sala, o encontro do clube de matemática já havia começado, e lá estaria quente e bem iluminado. Mas Cal estava aqui fora.

— Sim. Ela é bem conhecida entre os praticantes da Wicca, então já conhecia algumas pessoas aqui quando nos mudamos. Vou aos círculos dela de vez em quando, mas os integrantes, em sua maioria, são pessoas mais velhas. Além do mais, parte de ser um bruxo envolve ensinar aos outros o que você sabe.

— Então você é mesmo um... bruxo? — perguntei, devagar, absorvendo a ideia.

— Sou. — Cal sorriu de novo e se levantou, estendendo a mão para mim. Meio sem jeito, deixei que ele me ajudasse a ficar de pé. — E, quem sabe, talvez daqui a um ano você seja também. Assim como Raven, Robbie e quem mais quiser.

Ele deu outro sorriso e se foi, então ficou realmente escuro do lado de fora.

10

Fogo

"Se uma mulher se deitar com um dos bruxos das Sete Casas, ela não vai gerar filhos, a menos que ele deseje isso. Se um homem se deitar com uma mulher das Sete Casas, ela não vai gerar filhos."

— OS CAMINHOS DOS BRUXOS,
Gunnar Thirvildsen, 1740

Hoje à noite enviei uma mensagem. Será que você vai sonhar comigo? Você virá até mim?

— Dizem que o filme é ótimo. Você não quer assistir? E Bakker vai estar lá — disse Mary K. Ela viera do banheiro que conectava nossos quartos, vestindo uma camiseta. Virou-se em frente ao meu espelho de corpo inteiro, olhando para si mesma de todos os ângulos, então lançou um largo sorriso para seu reflexo.

— Não posso — respondi, perguntando-me por que minha irmã de 14 anos recebeu não só a sua cota de peitos da família, como, aparentemente, a minha também. — Vou a uma festa. Onde vocês vão se encontrar?

— No cinema. A mãe de Jaycee vai nos levar. Você gosta de Bakker? Ele é da sua turma.

— Ele é legal. Parece um bom garoto. Bonitinho. — Um pensamento me ocorreu. — Ouvi dizer que ele estava a fim de você. Ele não tem sido muito... insistente, tem?

— Não — respondeu Mary K., confiante. — Na verdade, ele tem sido um fofo. — Ela se virou para mim, que estava parada de calcinha e sutiã na frente do armário aberto. — Onde é a festa? O que você vai vestir?

— Na casa do Cal Blaire. E ainda não sei — admiti.

— Ah, o veterano novo — disse minha irmã, se aproximando para mexer nas minhas roupas. — Ele é tão gato! Todo mundo que conheço quer sair com ele. Meu Deus, Morgana, você realmente precisa de roupas novas.

— Obrigada — falei, e ela riu.

— Aqui, esta é boa — disse Mary K., pegando uma blusa. — Você nunca a usa.

Era uma blusa justa verde-oliva que minha outra tia, Margaret, me dera. Ela é a irmã mais velha da minha mãe. Eu a adoro, mas ela e tia Eileen não se falam há anos, desde que Eileen saiu do armário. Como foi a tia Margaret que me deu a blusa, eu me sentia desleal a tia Eileen quando a usava. Sim, eu sou uma pessoa sensível.

— Deteste essa cor — falei.

— Não — retrucou Mary K., enfática. — Vai combinar perfeitamente com seus olhos. Vista ela com sua legging preta.

Enfiei a blusa. A campainha tocou lá embaixo, e ouvi a voz de Bree.

— Nem pensar — protestei. A blusa mal chegava à minha cintura. — Não é comprida o suficiente; minha bunda vai ficar aparecendo.

— E qual é o problema? — perguntou Mary K. — Sua bunda é linda.

— O quê? — disse Bree, entrando no quarto. — Eu ouvi isso. Essa blusa ficou ótima. Vamos.

Bree estava incrível, como um topázio brilhante. Os cabelos esvoaçantes e perfeitos acentuavam seus olhos, tornando-os implacáveis. Seus lábios grossos estavam pintados com um tom suave de marrom, e ela quase tremia de tanta energia e excitação. Usava uma calça de cadarço cintura baixa e um top marrom justo de veludo que acentuava seus peitos. Uns bons oito centímetros de barriga reta e firme estavam de fora. Em volta de seu umbigo perfeito, ela havia colado uma tatuagem temporária de raios de sol.

Ao lado dela, eu me sentia uma tampinha.

Mary K. me passou a legging, e eu a vesti. Não estava mais nem um pouco preocupada com minha aparência. Uma camisa xadrez do meu pai completou meu outfit e cobriu minha bunda. Penteei o cabelo enquanto Bree batia o pé, impaciente.

— Podemos ir com Brisa — disse ela. — Voltou a funcionar.

Minutos depois, eu estava sentada em um banco de couro aquecido enquanto Bree pisava fundo e descia minha rua.

— A que horas você tem que estar em casa? — perguntou ela. — Isso pode acabar indo até tarde.

Mal passava das nove.

— Meu toque de recolher é uma da manhã — falei.
— Mas meus pais provavelmente já estarão dormindo e
não vão saber se eu chegar um pouco atrasada. Qualquer
coisa, posso ligar para eles, também.

Bree nunca tinha que ligar para perguntar nada ao pai.
Às vezes eles mais pareciam duas pessoas que dividiam o
apartamento do que pai e filha.

— Legal.

Bree batucou com suas unhas marrons no volante, fez
uma curva um pouco rápido demais e pegou a Gallows
Road em direção a um dos mais antigos bairros de Widow's
Vale. O bairro de Cal. Ela já conhecia o caminho.

A casa de Cal era impressionante, enorme e feita de pedra.
A ampla sacada da frente tinha uma varanda no andar
de cima, e videiras de sempre-viva subiam as colunas até
o segundo andar. O jardim era exuberante e lindamente
planejado, estava no limite entre ser um jardim e um bosque. Pensei em meu pai resmungando enquanto podava
seus rododendros a cada outono e me senti quase triste.

A porta de madeira larga se abriu em resposta à nossa
batida, e uma mulher apareceu, usando um longo vestido de linho azul-arroxeado, da cor do céu noturno. Era
simples e elegante, e provavelmente devia ter custado
uma fortuna.

— Bem-vindas, meninas — disse ela com um sorriso.
— Sou a mãe de Cal, Selene Belltower.

Sua voz era forte e melodiosa, e tive uma aguda sensação
de expectativa. Quando me aproximei dela, vi de quem

Cal herdara suas cores. O cabelo castanho-escuro estava descuidadamente preso para trás. Sobre as altas maçãs do rosto, seus olhos eram grandes e dourados. Sua boca era bem desenhada, e a pele, suave e sem marcas. Perguntei-me se ela não teria sido modelo quando era mais nova.

— Deixe-me adivinhar... Você deve ser Bree — disse ela, apertando a mão da minha amiga. — E *você* deve ser Morgana. — Seus olhos claros encontraram os meus, e seu olhar pareceu atingir o fundo do meu crânio. Pisquei e esfreguei a testa. Cheguei a me sentir, de fato, fisicamente desconfortável. Então ela sorriu de novo, fazendo a dor sumir, e nos fez entrar. — Estou tão feliz que ele tenha feito novos amigos... A mudança foi difícil para nós, mas a empresa onde trabalho me ofereceu uma promoção, e não pude recusar.

Quis perguntar com o que ela trabalhava, ou descobrir o que havia acontecido com o pai de Cal, mas não havia como fazer isso sem parecer grosseira.

— Cal está no quarto. Terceiro andar, no topo da escada — disse a Sra. Belltower, apontando para a imensa escadaria em madeira detalhada. — Alguns dos outros já estão lá.

— Obrigada — dissemos eu e Bree, um pouco constrangidas enquanto subíamos os degraus de madeira escura. Sob nossos pés, um grosso tapete florido abafava o som de nossos passos.

— Ela não acha estranho deixar um bando de garotas entrarem no quarto do filho adolescente dela? — sussurrei, pensando em como minha mãe expulsava os garotos do quarto de Mary K., lá em casa.

Bree sorriu para mim, com os olhos brilhando de excitação.

— Acho que ela é tranquila com isso — sussurrou de volta. — Além do mais, há várias de nós.

O quarto de Cal ocupava o sótão inteiro. Ia de ponta a ponta da casa, e havia pequenas janelas por todos os lados; algumas quadradas, outras redondas, algumas claras, outras de vidro fosco. O telhado em si tinha uma inclinação aguda; no centro do quarto, chegava a quase três metros de altura, e nas laterais, cerca de um metro. O piso era de madeira escura fosca, e as paredes, de tábuas não pintadas. Em um dos cantos, havia uma antiga escrivaninha com os livros escolares.

Deixamos nossos casacos num longo banco de madeira e, seguindo o exemplo de Bree, tirei meus tamancos.

Numa das paredes, havia uma pequena lareira acesa. Seu console plano estava coberto por cerca de trinta velas beges de vários tamanhos. Também havia velas por todo o quarto, algumas em candelabros pretos de ferro, outras no chão ou sobre blocos de vidro e até mesmo em cima de pilhas de livros antigos. O quarto era iluminado apenas por elas, e as sombras tremeluzentes refletidas em todas as paredes eram bonitas e hipnóticas.

Meus olhos recaíram sobre a cama de Cal, que ficava numa alcova maior. Não pude evitar olhar para ela, sentindo-me paralisada. Era uma cama larga e baixa de madeira escura, mogno ou mesmo ébano, com um dossel baixo. O colchão era, na verdade, um futon, e os lençóis eram de linho bege. A cama estava desarrumada, como se ele tivesse acabado de se levantar. Velas acesas brilhavam em mesas baixas dos dois lados dela.

Na alcova mais distante, localizada na parede dos fundos da casa, o resto do grupo estava reunido, imerso em sombras. Quando Cal nos viu, se aproximou.

— Morgana! Obrigado por ter vindo — disse, do seu jeito confiante e íntimo. — Bree, que bom ter você de volta.

Então Bree já estivera no quarto dele antes.

— Obrigada por me convidar — falei, rispidamente, apertando a camisa de flanela em volta do corpo.

Cal sorriu e pegou nossas mãos, levando-nos até os outros. Robbie acenou quando nos viu, bebendo suco de uva em uma taça de vinho. Beth Nielson estava ao lado dele, com o cabelo recém-pintado de louro-claro. Ela tinha a pele morena, olhos verdes e um cabelo afro curto, que mudava de cor de acordo com seu humor. Às vezes eu pensava nela como uma leoa, enquanto Raven parecia uma pantera. Elas formavam uma dupla interessante quando ficavam lado a lado.

— Feliz esbat — disse Robbie, erguendo a taça.

— Feliz esbat — respondeu Bree.

Eu sabia, de minhas leituras, que *esbat* era apenas outro nome para um encontro em que se praticava mágicka.

Matt estava sentado num sofazinho de veludo, com Jenna em seu colo. Estavam conversando com Sharon Goodfine, que estava sentada no chão em uma posição rígida, com os braços em volta dos joelhos. Será que ela estava ali apenas por Cal, ou a Wicca significava alguma coisa para ela? Sempre achei que as coisas fossem fáceis para ela, com seu pai ortodontista sempre lhe abrindo os caminhos. Ela era gordinha, bonita e parecia mais velha do que realmente era.

— Aqui. — Cal entregou uma taça de suco de uva para mim e outra para Bree. Tomei um gole.

Uma brisa com aroma de patchuli varreu o quarto, e Raven entrou, seguida por Ethan. Esta noite, ela parecia uma prostituta que havia se especializado em sadomasoquismo. Uma coleira de couro preta envolvia seu pescoço, e tiras de couro preto a ligavam ao corselet do mesmo material. Sua calça dava a impressão de que alguém a havia mergulhado num recipiente de vinil líquido reluzente, e esse era o resultado depois de seco. Ela provavelmente não chamaria atenção em Nova York, mas aqui era Widow's Vale, e eu pagaria qualquer coisa para vê-la entrando daquele jeito na mercearia. Será que Cal a achava atraente?

Ethan tinha a mesma aparência de sempre: sujo, com cabelo cacheado e comprido, e chapado. Não me pareceu estranho que aquelas pessoas tenham permanecido no grupo quando fizemos nosso primeiro círculo; a maioria das pessoas está disposta a experimentar de tudo. Mas era interessante que todos tenham voltado, com exceção de Todd, Alessandra e Suzanne, e isso me fez olhar para eles com mais atenção, como se os estivesse vendo pela primeira vez.

Essas pessoas se reuniram na escola algumas vezes, como um novo grupo formado por diferentes tribos, mas aqui estávamos separados de acordo com os antigos padrões: Robbie e eu; Jenna, Matt e Sharon; Bree intercalando entre mim e eles; Beth, Raven e Ethan reunidos perto das bebidas.

— Bom, acho que estão todos aqui — disse Cal. — Semana passada celebramos o Mabon e fizemos um círculo de banimento. Pensei que essa semana poderíamos simplesmente fazer um círculo informal para nos conhecermos melhor. Então, vamos começar.

Cal pegou um pedaço de giz branco e desenhou um grande círculo no chão, quase tomando todo o lado do sótão onde estávamos. Jenna e Matt se levantaram e arrastaram o pequeno sofá para fora do caminho.

— O círculo pode ser feito de qualquer coisa — explicou Cal, em tom casual, enquanto desenhava.

No chão, havia os vestígios apagados de outros círculos. Percebi que, embora desenhasse à mão livre, o resultado era quase perfeito e simétrico, como havia sido na floresta, quando ele desenhou o círculo na terra com um graveto.

— Pode ser um pedaço de corda, um círculo de objetos, como conchas ou cartas de tarô, e até mesmo de flores — continuou Cal. — Ele representa os limites da nossa energia mágicka.

Todos demos um passo para dentro do círculo de giz, então Cal fechou o desenho, como fizera na semana anterior. O que aconteceria se um de nós saísse do círculo?

Ele pegou uma pequena tigela de latão cheia de um pó branco. Por um terrível momento, pensei que fosse cocaína ou alguma coisa assim, mas ele pegou um pouco com os dedos e salpicou em volta do círculo.

— Com este sal, purifico nosso círculo — falou. Lembrei-me de ele ter feito a mesma coisa da última vez. Cal colocou a tigela sobre a linha do círculo. — Pôr essa tigela aqui, na posição norte, representa um dos quatro elementos: a terra. A terra é feminina e nutritiva.

Nos últimos dias, eu tinha feito algumas pesquisas na internet. Descobrira que havia várias linhas diferentes de Wicca, como acontece com quase todas as religiões. Foquei-me na que Cal dissera seguir, e encontrei mais de mil sites sobre ela.

Em seguida, ele colocou uma tigela de latão idêntica, cheia de areia e com um incenso aceso no meio, no lado leste do círculo.

— Esse incenso representa o ar, outro dos quatro elementos — explicou, concentrado, mas bem relaxado. — O ar é o elemento da mente, do intelecto. Da comunicação.

Ao sul, ele colocou uma vela bege, de uns quatro centímetros de altura.

— Essa vela representa o fogo, o terceiro elemento — contou, olhando para mim. — É o elemento da transformação, do sucesso e da paixão. É um elemento muito forte.

Senti-me desconfortável sob seu olhar e baixei os olhos para a vela em vez de encará-lo. *Luz da chama minha alma emana*, pensei.

Por fim, a oeste, Cal colocou uma tigela de latão cheia de água.

— A água é o último dos quatro elementos. É o elemento das emoções. Do amor, da beleza e da cura. Cada um dos quatro elementos corresponde a três signos astrológicos — explicou. — Gêmeos, libra e aquário são os signos de ar. Os de água são câncer, escorpião e peixes. Touro, virgem e capricórnio são os de terra, e áries, leão e sagitário são signos de fogo. — Cal olhou para mim de novo.

Será que ele sabia que eu era de um signo de fogo; de sagitário?

— Agora vamos dar as mãos — disse ele.

Eu estava entre Robbie e Matt, então peguei as mãos deles. A de Robbie estava quente e reconfortante. Era estranho segurar a mão de Matt, suave e fria. Lembrei-me da sensação de ter a mão de Cal na minha, e desejei estar ao lado dele de novo. Em vez disso, ele estava espremido entre Bree e Raven. Suspirei.

— Vamos fechar os olhos e focar nossos pensamentos — sugeriu Cal, baixando a cabeça. — Inspirem e expirem devagar, contando até quatro. Deixem os pensamentos se aquietarem e as preocupações desaparecerem. Não há passado nem futuro, apenas o aqui e o agora; e nós dez reunidos.

Sua voz era firme e calma. Baixei a cabeça e fechei os olhos. Inspirei e expirei, pensando na luz da vela e no incenso. Foi muito relaxante. Parte de mim sentia as outras pessoas no quarto, sua respiração baixa e uma ocasional troca de pé de apoio, enquanto a outra parte se sentia muito pura e deslocada, como se eu estivesse flutuando sobre o círculo, observando tudo do alto.

— Esta noite vamos fazer um ritual purificador e de concentração — falou Cal. — O Samhain, nosso ano-novo, está chegando, e a maioria dos bruxos faz bastante trabalho espiritual para se preparar.

Mais uma vez, andamos em círculo, de mãos dadas, mas dessa vez nos movemos em sentido horário.

Por um momento, me senti nervosa com o fim do ritual. Da última vez que fizera isso, eu sentira como se alguém houvesse enterrado um machado no meu peito, depois fiquei estranha por uns dois dias. Será que ia acontecer de novo? Decidi que não importava, que queria tentar. Então Cal começou a cantar.

"A água nos limpa,
O ar nos purifica
O fogo nos deixa integrados,
A terra nos torna centrados."

Começamos a repetir suas palavras. Por cerca de sete minutos ou mais, andamos em círculo, entoando aquele cântico. Ao olhar para as pessoas em volta, vi que elas começavam a relaxar, como se estivessem se sentindo felizes e com o coração leve. Até mesmo Ethan e Raven pareciam menos carregados, mais jovens e menos sombrios. Bree olhava para Cal. Robbie continuava de olhos fechados.

Passamos a andar e a cantar mais alto. Foi logo depois disso que tomei consciência de uma energia quase palpável à minha volta, dentro do círculo. Olhei em volta depressa, assustada. Do outro lado do círculo, os olhos de Cal encontraram os meus e ele sorriu. Os olhos de Raven estavam fechados, enquanto ela cantava e se movia pela roda, concentrada. Os outros pareciam intensos, mas não alarmados.

De certa forma, me senti pressionada, como se uma enorme bolha estivesse fazendo essa pressão em mim, em toda volta. Meu cabelo parecia vivo, estalando de energia, e quando olhei para Cal de novo, engasguei, pois pude ver sua aura, brilhando fraca em volta de sua cabeça.

Eu estava impressionadíssima. Uma faixa indistinta de luz vermelha brilhava em volta dele, bruxuleante à luz das velas. Quando olhei para o restante do círculo, vi que todos tinham uma. A de Jenna era prateada, e a de Matt, verde. A de Raven, laranja, e Robbie estava cercado por luz branca. Bree tinha uma luz laranja pálida e Beth tinha uma preta. A de Ethan era marrom, e a de Sharon, rosa, como suas bochechas coradas. Será que eu tinha uma aura? De que cor seria? O que isso significava? Fiquei olhando, maravilhada, me sentido feliz e espantada.

Como da outra vez, seguindo algum sinal invisível, o círculo parou abruptamente, e todos erguemos as mãos para o alto, com os braços bem esticados. Meu coração pulsava, assim como minha cabeça, mas não tropecei nem perdi o equilíbrio. Apenas comecei a respirar depressa e fiz uma careta, esfregando as têmporas e torcendo para que ninguém tivesse notado.

— Absorvam a energia purificadora! — disse Cal com firmeza, cerrando o punho e batendo contra o peito.

Todos fizeram o mesmo e, quando eu o fiz, senti um grande calor me invadir e tomar conta da minha barriga. Eu me sentia calma, em paz e alerta. Logo depois disso, comecei a ficar tonta e enjoada. Socorro, pensei.

Imediatamente, Cal atravessou o círculo e foi para perto de mim. Eu estava engolindo em seco, com os olhos arregalados, torcendo para não vomitar. Só queria chorar.

— Sente-se — sugeriu ele, baixinho, pressionando meus ombros. — Sente-se agora mesmo.

Sentei-me no chão de madeira, sentindo-me tonta, e ainda pior do que antes.

— O que foi *dessa vez*? — perguntou Raven, mas ninguém respondeu.

— Incline-se — orientou-me Cal. Eu estava sentada de pernas cruzadas, e ele gentilmente empurrou minha nuca. — Encoste a testa no chão — disse ele, e eu obedeci, curvando as costas e espalmando as mãos. Me senti instantaneamente melhor. Assim que minha testa tocou a madeira fria, com as mãos abertas dos dois lados do meu corpo, as ondas de enjoo passaram e eu parei de sentir ânsia de vômito.

— Você está bem? — Bree se ajoelhou do meu lado, esfregando minhas costas, e eu senti Cal afastar a mão dela.

— Espere — disse ele. — Espere até que ela esteja aterrada.

— O que há de errado? — perguntou Jenna, preocupada.

— Ela canalizou energia demais — explicou Cal, sem tirar a mão da minha nuca. — Como no Mabon. Ela é muito, muito sensitiva. Um verdadeiro condutor de energia. — Depois de cerca de um minuto, ele me perguntou: — Está se sentindo melhor agora?

— Aham — falei, erguendo lentamente a cabeça. Olhei em volta, sentindo-me constrangida e vulnerável. Porém, fisicamente, eu estava bem; não me sentia mais enjoada e nem desorientada.

— Quer nos contar o que aconteceu? — perguntou Cal. — O que você viu?

A ideia de descrever as auras de cada um deles me pareceu intimidante, pessoal demais. Além disso, eles também não as tinham visto? Eu não tinha certeza.

— Não — respondi.

— OK — falou Cal, se levantando. E sorriu. — Vocês todos foram incríveis, pessoal. Obrigado. Agora vamos nadar.

11
Água

"As noites de lua cheia ou de lua nova são especialmente poderosas para praticar a mágicka."

— RITUAIS LUNARES PRÁTICOS.
Marek Hawksight. 1978

— Oba! — exclamou Bree, entusiasmada. — Vamos nadar!

— Tem uma piscina lá fora — disse Cal, atravessando o quarto.

Ele abriu uma porta de madeira no fundo de uma alcova. O ar fresco da noite entrou no quarto, fazendo as chamas de algumas velas se apagarem e, as das outras, dançarem.

— Tudo bem — concordou Jenna. — Parece ótimo.

Ethan parecia sentir calor, pois sua testa estava úmida debaixo dos cachos de cabelo. Ele secou o rosto com a manga de sua jaqueta militar e disse:

— Nadar vai ser irado!

Raven e Beth sorriram uma para a outra como os gatos siameses de *A Dama e o Vagabundo*, depois seguiram para a porta. Robbie assentiu para mim e foi atrás delas. Bree já estava atravessando o portal.

— Humm... A piscina é do lado de fora? — perguntei. Cal sorriu para mim.

— A água é aquecida. Vai estar boa.

É claro que o maior problema que passava por minha mente era o fato de eu não ter levado roupa de banho, mas de alguma forma eu sabia que, se dissesse isso, todos ririam de mim. Passei pela porta depois de Sharon e fui seguida por Cal. Do lado de fora, havia uma escada caracol, e seus degraus levavam direto ao quintal, no primeiro andar. Segurei firme no corrimão e desci, torcendo para não perder o equilíbrio.

Senti a mão de Cal no meu ombro.

— Tudo bem? — perguntou ele.

— Aham — murmurei em resposta.

Ao fim da escada, havia um pátio de pedras, pálido sob o luar. Os móveis externos, cobertos com capas à prova d'água, pareciam fantasmas. Na outra ponta, uma série de arbustos altos, podados em formatos retangulares, separava o pátio do restante do quintal. Havia um portal no meio dos arbustos, e Cal apontou para ele.

Ergui os olhos para o céu, tremendo sem o casaco e os sapatos. A lua cor de cera parecia um biscoito doce mordido. Seu brilho iluminava o caminho.

Para além do portal, na cerca viva, havia uma área de grama macia ainda não escurecida pelo outono. A sensação sob meus pés era de musgo aveludado.

A piscina ficava depois do gramado. Era de um estilo clássico, parecendo quase grega. Um retângulo simples, sem borda de mergulho, sem escadinha de metal. Em cada uma das extremidades havia uma série de colunas altas de pedra, cobertas por trepadeiras que já começavam a perder sua folhagem de verão. De um lado havia uma cabana com várias portas, e comecei a torcer para que a família de Cal guardasse ali todos os tipos de roupas de banho, para emprestar aos convidados.

Então vi que Jenna e Matt já começavam a se despir, e meus olhos se arregalaram. Ah, não, pensei. De jeito nenhum. Dei meia-volta, procurando Bree, e a encontrei atrás de mim, de calcinha e sutiã, dobrando cuidadosamente suas roupas numa espreguiçadeira.

— Bree! — sussurrei quando ela desabotoou o sutiã.

Em seguida, ela tirou a calcinha, parecendo uma linda estátua de mármore iluminada pela lua. Raven e Beth abriam os fechos e botões uma da outra, rindo, com seus dentes muito brancos ao luar. Nuas, elas correram e pularam na piscina, com as joias tilintando alegremente.

Em seguida, Jenna e Matt deslizaram para dentro d'água; ele a seguia enquanto ela se movia pelo espaço escuro. Jenna riu e mergulhou, depois voltou à superfície, jogando o cabelo para trás. Ela parecia atemporal, quase pagã. O suor brotava na minha testa. Por favor, que isso não se torne uma orgia nem nada parecido, implorava eu para quem quer que estivesse ouvindo meus pensamentos. Definitivamente *não* estava preparada para esse tipo de coisa.

— Relaxa — disse Cal atrás de mim.

Ouvi o farfalhar de suas roupas e torci para que eu não desmaiasse. Em um minuto eu o veria nu. Cal, nu. Completamente. Ah, meu Deus. Eu queria olhar para ele, mas, por dentro, me debatia com a incerteza. Ele pôs a mão no meu ombro, e eu dei um salto.

— Relaxa — repetiu ele, virando-me para que eu o encarasse. Ele havia tirado a camisa, mas ainda estava de jeans. — Isso não vai virar uma orgia.

Fiquei assustada com a precisão com que ele lera meus pensamentos.

— Não estava preocupada com isso — falei, com medo de ouvir um tremor em minha voz. — É só que... eu fico resfriada à toa.

Ele riu e começou a desabotoar o jeans. O ar ficou preso em minha garganta.

— Você não vai ficar resfriada.

Ele abaixou a calça, e eu me virei para a piscina. Fui recompensada com a visão de Robbie, nu, descendo os degraus para dentro d'água. O que mais me faltava?

Ethan estava sentado numa espreguiçadeira, tirando as meias. Estava sem camisa, com um cigarro aceso pendendo nos lábios, a calça desabotoada e o zíper parcialmente aberto. Deu uma última tragada no cigarro e o apagou no chão. Então ficou de pé e abaixou a calça enquanto Bree e Sharon passavam por ele, a caminho da piscina. Ele estreitou os olhos e analisou o corpo das garotas, então chutou a calça para longe e foi atrás delas. Ethan foi até a parte mais funda e deu um mergulho quase perfeito. Torci para que ele soubesse nadar e que não estivesse chapado a ponto de se afogar.

Raven e Beth jogavam água uma na outra, então Beth gritou e pulou, com gotinhas de água brilhando em seu corpo escuro. Ethan emergiu ali perto, sorrindo como uma raposa. Com o cabelo molhado e longe do rosto, e sem suas roupas desleixadas, ele estava mais bonito que de costume, e Sharon ficou olhando para ele, surpresa, como se estivesse se perguntando quem ele era.

Cal passou por mim.

— Venha, Morgana — falou, estendendo a mão. Ele estava completamente nu, e minhas bochechas pegavam fogo enquanto eu tentava não olhar para baixo.

— Não posso — sussurrei, torcendo para que ninguém mais me ouvisse. Eu me senti uma covarde. Olhei para a piscina e vi Bree nos observando. Lancei-lhe um sorriso fraco, e ela sorriu de volta, com os olhos fixos em Cal.

Ele esperou. Se estivéssemos sozinhos, talvez eu tivesse me permitido. Talvez eu tirasse minhas roupas e rezasse para que ele não fosse fã de peitos. Mas todas aquelas garotas eram mais bonitas que eu, e tinham um corpo muito melhor que o meu. Todas tinham peitos maiores que os meus. Os de Sharon eram enormes.

Eu precisava de uma saída. Para começar, eu já estava estupefata com o círculo, e aquilo era demais.

— Por favor, venha nadar — pediu Cal. — Ninguém vai atacá-la. Eu prometo.

— Não é isso — murmurei. Eu queria olhar para ele, mas não podia fazer isso com ele olhando para mim. Uma tempestade de vergonha desabou dentro de mim.

— Há muitas coisas especiais a respeito da água — insistiu Cal, pacientemente. — Estar cercado de água, especialmente sob o luar, pode fornecer muita mágicka, uma energia muito especial. Quero que você sinta isso. Fique de calcinha e sutiã, se preferir.

— Eu não uso sutiã — admiti, e imediatamente quis morrer.

— É sério — persistiu, sorrindo.

— Na verdade, eu não preciso muito... — balbuciei, tristonha.

Ele inclinou a cabeça, ainda sorrindo.

— É sério.

Entrei em pânico; havia chegado ao meu limite.

— Tenho que ir para casa. Obrigada pelo círculo — falei, virando-me para ir embora.

Fui para lá de carona com Bree, então me dei conta de que teria uma longa e fria caminhada pela frente. Ir da maravilhosa experiência do círculo para essa humilhação dolorosa parecia demais para aguentar. Mal podia esperar para estar em casa, na minha própria cama.

Então Cal estendeu a mão outra vez e segurou minha blusa por trás. Com um movimento gentil, ele me puxou em sua direção. Eu já não estava mais respirando nem pensando. Ele se agachou, colocou um dos braços atrás dos meus joelhos e me pegou no colo. Estranhamente, não me lembro de ter me sentido pesada ou desajeitada em seus braços, apenas pequena e leve. Parei de processar as sensações de um jeito normal. Perdi a consciência sobre as outras pessoas em volta.

Ele desceu com firmeza os degraus da piscina na parte rasa. Não protestei; não falei absolutamente nada. Não sabia se conseguiria. De repente, estávamos cercados pela água, que tinha exatamente a mesma temperatura do meu sangue, agarrados um ao outro sob a luz da lua.

Era assustador, estranho, misterioso, apavorante, esmagador.

E cheio de mágicka.

12

A gente colhe o que planta

"Se você for pego em meio a dois clãs em guerra, deite-se de bruços no chão e reze."

— Velho ditado escocês

Quando voltei da igreja no dia seguinte, Bree estava sentada nos degraus da frente da nossa casa, parecendo com frio e irritada.

Beth me dera uma carona para casa na noite anterior, porque eu tinha hora para voltar, e Bree não. Mas eu sabia, pelos olhares duros que ela lançava para mim quando saí correndo da casa de Cal, que isso ia acontecer.

Entramos e subimos para o meu quarto.

— Pensei que você fosse minha amiga — disparou assim que a porta se fechou.

Não fingi que não sabia do que ela estava falando.

— É claro que sou sua amiga — respondi, desabotoando o vestido que tinha usado para ir à igreja.

— Então me explique o que aconteceu na noite passada — pediu, apertando os olhos escuros. Bree cruzou os braços e se jogou na beira da cama. — Você e Cal, na piscina.

Enfiei uma camiseta pela cabeça, depois peguei um par de meias na gaveta.

— Não sei *como* explicar o que aconteceu. Quero dizer, sei que você gosta de Cal. Sei que não sou páreo para você. Não fiz nada. Quero dizer, pelo amor de Deus, assim que consegui ficar de pé na piscina, ele me soltou.

Calcei as meias e vesti meu jeans mais velho e mais confortável, automaticamente virando a bainha para cima.

— Bem, e o que foi aquela grande cena de timidez antes disso? Estava se fazendo de difícil? Esperava que ele simplesmente rasgasse suas roupas? — Havia um tom de desprezo em sua voz que me magoava, e senti as primeiras faíscas de raiva surgindo dentro de mim.

— É claro que não — disparei. — Se ele tivesse rasgado minhas roupas, eu teria voltado para casa aos gritos e chamado a polícia. Não seja idiota.

Bree se levantou e colocou o dedo na minha cara.

— Não seja idiota *você*! — gritou, e eu nunca a tinha visto daquele jeito. — Sabe que estou apaixonada por ele! — Bree tinha uma expressão furiosa no rosto. — Não *gosto* dele simplesmente! Eu o *amo*. E o quero para mim. E quero que *você* o deixe em paz!

— Ótimo! — retruquei, praticamente gritando, então abri os braços. — Mas eu não estava fazendo nada, e não posso controlar o que *ele* faz! Talvez ele só esteja me dando atenção porque quer que eu seja uma bruxa.

Assim que falei isso, Bree e eu nos encaramos. Em meu coração, de repente percebi que aquilo era verdade. Suas sobrancelhas se arquearam enquanto ela repassava os acontecimentos da noite anterior.

— Olha — comecei, mais calma —, não sei o que ele está fazendo. Até onde sei, talvez ele já tenha outra namorada em algum lugar, ou talvez Raven já o tenha fisgado. Mas sei que *eu* não estou dando em cima *dele*. É tudo o que posso dizer. E vai ter que ser o suficiente para você.

Puxei o cabelo para cima do ombro e comecei a trançá-lo com movimentos rápidos e experientes.

Bree ficou olhando para mim por mais alguns instantes, depois seu rosto se contorceu e ela se deixou afundar na minha cama.

— Tudo bem — falou, parecendo tentar não chorar. — Está certa. Desculpe. Você não estava fazendo nada. Fiquei com ciúmes, só isso. — Ela cobriu o rosto com as mãos e se recostou nos travesseiros. — Quando o vi com você no colo, simplesmente fiquei maluca. Nunca gostei de alguém desse jeito antes, e tenho tentado me aproximar dele a semana inteira, mas ele parece não me notar.

Eu ainda estava com raiva, mas, contraditoriamente, fiquei com pena dela.

— Bree — falei, sentando-me à escrivaninha —, Cal deixou seu coven para trás quando se mudou, e espera que alguns de nós o ajudem a formar um novo. Ele sabe do meu interesse pela Wicca e deve achar que, sei lá, é interessante eu ter reações tão fortes nos círculos. Talvez ele ache que eu poderia ser uma boa bruxa, e talvez seja o que ele quer.

Bree ergueu os olhos cheios de lágrimas.

— Você realmente tem essas reações fortes nos círculos, ou é fingimento? — perguntou, com a voz tremida.

Meus olhos quase saltaram das órbitas.

— Bree! Pelo amor de Deus! Por que eu fingiria? É constrangedor e desconfortável. — Balancei a cabeça. — Parece até que você não me *conhece*. Mas, respondendo à sua pergunta: não, eu não *finjo* ter reações fortes.

Bree voltou a cobrir o rosto com as mãos e começou a chorar.

— Desculpe — soluçou. — Não quis dizer isso. Sei que você não estava fingindo. Não sei o que estou fazendo. — Ela se levantou e pegou um lenço de papel, depois se aproximou e me abraçou. Foi difícil retribuir o abraço, mas é claro que acabei fazendo isso. — Desculpe — repetiu, chorando nos meus ombros. — Desculpe, Morgana.

Ficamos ali por alguns minutos. Ela continuava chorando, e eu mesma senti vontade de chorar. Você alguma vez já teve medo de começar a chorar porque não sabia se conseguiria parar depois? Era assim que eu me sentia. Brigar com Bree por qualquer coisa era horrível. Gostar de Cal e não ter a menor chance com ele me deixava desesperada. Minha melhor amiga gostar do mesmo cara que eu era um pesadelo. Descobrir o complicado mundo da Wicca e me sentir atraída por ele era confuso e quase assustador.

Por fim, Bree parou de chorar e me soltou, secando os olhos e assoando o nariz no lenço.

— Desculpe — sussurrou. — Você me perdoa?

Hesitei apenas por um instante, depois assenti. Quero dizer, eu amo Bree. Depois da minha família, ela é a pessoa de quem mais gosto no mundo. Suspirei, e fomos nos sentar na minha cama estreita.

— Olhe — comecei —, na noite passada, eu não queria tirar a roupa porque... tenho vergonha. Reconheço, OK? Sou totalmente frouxa. Por dinheiro nenhum no mundo eu ficaria nua perto de você e daquelas outras garotas.

Bree fungou e se virou para mim.

— Do que você está falando?

— Por favor, Bree. Conheço minha aparência. Tenho espelho em casa. Não sou nenhuma monstra, mas também não sou como você. Ou Jenna. Não sou nem como Mary K.

— Você é bonita — disse Bree, com a testa franzida.

Revirei os olhos.

— Bree, sou bastante comum. E você com certeza notou que, de algum modo, a natureza se esqueceu de me dar qualquer tipo de comissão de frente.

Os olhos escuros de Bree se desviaram rapidamente para o meu peito, e cruzei os braços.

— Não, você é só... você sabe — disse Bree, nada convincente.

— Eu simplesmente sou total e completamente reta. Então, se você acha que vou ficar me exibindo nua por aí com você, Srta. Sutiã 44, além de Jenna, Raven, Beth e a Miss Janeiro Sharon Goodfine, só pode estar louca. E na frente de garotos, pessoas que frequentam a nossa escola! Dá um tempo! Como se eu realmente quisesse que Ethan Sharp soubesse como eu sou pelada. Meu Deus! De jeito nenhum!

— Não diga o nome de Deus em vão — disse Mary K., enfiando a cabeça pela porta do banheiro. — Pra quem você andou se exibindo nua?

— Ah, que droga, Mary K.! — exclamei. — Eu não sabia que você estava aí!

Ela deu um sorriso forçado.

— É claro que não. Agora, com quem você estava se exibindo nua por aí? Posso ir da próxima vez? Gosto do meu corpo.

Comecei a rir e joguei um travesseiro nela. Bree também estava rindo, e fiquei aliviada por perceber que nossa briga parecia ter terminado.

— Você não vai a lugar nenhum pelada — falei, tentando soar severa. — Você só tem 14 anos, independentemente do que Bakker Blackburn pense.

— Você está saindo com Bakker? — perguntou Bree.

— Eu fiquei com ele.

— Sério? — disse Mary K.

— Ah, é verdade. Eu tinha esquecido — comentei.

— Ficamos algumas vezes quando éramos calouros — respondeu Bree. Ela se sentou e se esticou, alongando as costas.

— O que aconteceu? — indagou Mary K.

— Terminei com ele — disse Bree, sem nenhum remorso. — Ranjit me chamou para sair e eu aceitei. Ele tinha os olhos mais lindos do mundo.

— Depois Ranjit terminou com você para sair com Leslie Raines — falei, lembrando-me de toda a história. — Eles ainda estão juntos.

Bree deu de ombros e disse:

— A gente colhe o que planta.

O que, é claro, é um dos dogmas mais básicos da Wicca.

13

Conflito

"Se olhar bem, você verá a marca de uma Casa em sua prole. Essas marcas assumem muitas formas, mas um caçador de bruxas treinado sempre consegue descobri-las."

— NOTAS DE UM SERVO DE DEUS,
Irmão Paolo Frederico, 1693

Definitivamente, não entendo minha mãe. Não fiz nada de errado. Espero que ela se acalme. Ela tem que se acalmar, simplesmente tem.

Na tarde de segunda-feira, faltei à reunião do clube de xadrez e fui até Red Kill a fim de visitar a Mágicka Prática. Enquanto dirigia, observava meus sinais favoritos do outono: as árvores tomadas por cores vibrantes, protestando contra a morte que chegaria com o inverno; a grama alta nas margens da estrada, agora fina e amarronzada; pequenas barracas de fazendeiros que vendiam abóboras, milho tardio, abobrinhas, maçãs e tortas de maçã.

Em Red Kill, encontrei uma vaga bem em frente à loja, cujo interior estava novamente escuro e tomado pelos cheiros ricos de ervas, óleos e incenso. Respirei fundo enquanto meus olhos se ajustavam à luz. Havia mais clientes que da última vez em que eu estivera ali.

Abri caminho até as fileiras de livros, procurando um de história geral da Wicca. Terminara o livro sobre os Sete Grandes Clãs na noite anterior, e estava sedenta por mais informações.

A primeira pessoa em quem esbarrei foi Paula Steen, a nova namorada de minha tia. Ela estava agachada no chão, olhando alguns livros na prateleira mais baixa. Paula olhou para cima, me reconheceu e sorriu.

— Morgana! — disse ela, levantando-se. — Que bom encontrar você aqui. Tudo bem?

— Ah, tudo bem — falei, obrigando-me a sorrir de volta. — Como vai?

Eu gostava muito de Paula, mas aquele era um lugar estranho para encontrá-la, e eu me sentia ligeiramente nervosa com isso. Ela poderia contar para tia Eileen, que poderia contar para minha mãe. Eu não estava exatamente escondendo nada de meus pais, mas também não tinha desviado o rumo das conversas para lhes contar sobre os círculos, sobre Cal ou até mesmo sobre a Wicca.

— Estou bem — respondeu ela. — Atolada de trabalho, como sempre. Hoje uma das minhas cirurgias foi cancelada, então aproveitei para dar uma fugida até aqui. — Ela deu uma olhada em volta. — Adoro este lugar. Eles têm todo tipo de coisas legais.

— É — concordei. — Você... é da Wicca?

— Não, eu não — disse Paula, rindo. — Mas conheço muita gente que pratica. É tão feminista que se tornou um tanto popular entre as lésbicas. Mas ainda sou judia. Estou procurando livros de homeopatia veterinária. Acabo de participar de uma conferência onde ensinaram massagem para animais, e estou em busca de mais informações.

— Sério? — Sorri. — Quero dizer, como fazer massagem em seu Pastor Alemão?

Paula riu de novo.

— Mais ou menos. Tanto com animais quanto com as pessoas, há muito o que dizer sobre o poder de cura do toque.

— Legal.

— Mas e você? Você é da Wicca?

— Bem... estou curiosa sobre o assunto — expliquei, num tom comedido, sem querer entregar todos os meus sentimentos confusos. — Sou católica e tal, como meus pais — prossegui, apressada. — Mas acho a Wicca... interessante.

— Como em todas as outras coisas, trata-se do que você tira disso — falou Paula.

— É — concordei. — É verdade.

— Bem, tenho que correr, Morgana. Foi um prazer ver você outra vez.

— Igualmente. Mande um oi para tia Eileen.

Paula pegou seus livros e foi pagá-los, e eu voltei a examinar as prateleiras. Encontrei um livro que apresentava a história geral de maneira ampla e ainda explicava as diferenças entre os diversos ramos da Wicca: Picta, Caledônia, Celta, Teutônica, Strega e outras, sobre as quais eu tinha lido na internet. Com o livro debaixo do braço, dei uma olhada nas coisas do outro lado: os incensos, os almofarizes e pilões, as velas separadas por cores. Vi uma vela com a forma de um homem e de uma mulher juntos, e isso me fez pensar de cara em mim e em Cal. Depois minha mente pulou para Bree e Cal. Se eu acendesse aquela vela, Cal seria meu? O que Bree faria?

Aquela era uma ideia idiota.

Entrei na fila, e o cheiro de canela e noz moscada me cercaram.

— Morgana, querida, é você?

Virei-me e dei de cara com a Sra. Petrie, uma mulher que frequentava a minha igreja.

— Oi, Sra. Petrie — falei, um tanto ríspida. Que sequência de encontros estranhos. De certa forma, eu esperava um pouco mais de privacidade em minha pequena aventura essa tarde.

A Sra. Petrie agora era menor do que eu, mas sua aparência não havia mudado em nada desde que eu podia me lembrar. Sempre usava terninhos de duas peças comportados, meias e sapatos combinando. Na igreja, também usava chapéus nas mesmas cores.

Ela leu o título do meu livro.

— Você deve estar pesquisando para um trabalho da escola — comentou, sorrindo.

— Sim — concordei, assentindo. — Estamos estudando diferentes religiões do mundo.

— Que interessante. — Ela se inclinou para perto de mim e disse em voz baixa: — Esta é uma livraria muito especial. Algumas coisas daqui são horríveis, mas os donos são pessoas muito boas.

— Ah — exclamei. — Hum, por que a senhora está aqui?

A Sra. Petrie fez um gesto para a estante de ervas e temperos.

— Você sabe que sou famosa pelo meu jardim de ervas — falou, com orgulho. — Sou uma das fornecedoras deles. Também cultivo para alguns dos restaurantes da cidade e para a Nature's Way, a loja de comida natural da Main Street.

— Ah, é mesmo? Não sabia — falei, inexpressiva.

— É. Só vim deixar um pouco de tomilho seco e umas sementes de cominho do último verão. Agora tenho que ir. Foi bom ver você, querida. Mande lembranças a seus pais.

— Mando, sim. Vejo a senhora no domingo. — Até parece. Senti um grande alívio quando ela desapareceu pela porta.

Estava tão preocupada com os encontros inesperados que me esqueci completamente do modo estranho como o balconista se comportara da última vez. Mas, assim que deslizei meus livros pelo balcão, senti seus olhos em mim novamente.

Sem dizer nada, peguei minha carteira e contei o dinheiro.

— Achei mesmo que você voltaria — disse ele, baixinho, registrando os livros.

Fiquei com o rosto petrificado, sem olhar para ele.

— Você tem a marca da Deusa em você — falou. — Sabe qual é o seu clã?

Meus olhos focaram nos deles. Eu estava assustada.

— Não sou de clã nenhum — retruquei.

Ele inclinou a cabeça, pensativo.

— Tem certeza? — perguntou.

Ele me entregou o troco, então eu peguei meus livros e saí de lá. Enquanto ligava o grande motor V-8 de Das Boot, pensei nos Sete Grandes Clãs. Ao longo dos últimos séculos, eles foram se dispersando e praticamente já não existiam mais. Balancei a cabeça. O único clã de que eu fazia parte era dos Rowland, independentemente do que o balconista achava.

Peguei as estradas secundárias a caminho de casa e deixei as folhas queimadas das árvores virarem um borrão ao fundo enquanto sonhava acordada com aquelas coisas em que pensava com cada vez mais frequência: o maravilhoso momento, sob a lua, em que Cal me carregou para dentro d'água. A fantasia e a recordação andavam juntas, e eu já nem tinha mais certeza de que aquilo realmente havia acontecido.

Naquela noite, Mary K. fez o jantar, e era minha vez de lavar a louça. Eu estava em frente à pia esfregando os pratos, sonhando acordada com Cal e imaginando se ele e Bree teriam se encontrado depois da escola. Já teriam se beijado? Essa ideia me deu um aperto no peito, e fiz minha mente parar de me torturar.

Por que Cal havia entrado na minha vida? Eu não podia deixar de me perguntar isso. Era como se ele estivesse ali por um motivo específico. Eu esperava que não fosse algum tipo de carma cruel.

Balancei a cabeça, enxaguando o sabão entre meus dedos. Esqueça isso, pensei enquanto colocava os pratos na máquina de lavar louças.

"De que clã você é?", perguntara o balconista. Ele podia perfeitamente ter perguntado: "De que planeta você é?" É óbvio que eu não pertencia a um dos Sete Clãs, embora fosse interessante pensar nisso. Seria meio como descobrir que seu verdadeiro pai é uma celebridade e que quer você de volta. Os Sete Grandes Clãs eram as celebridades da Wicca e, supostamente, tinham poderes sobrenaturais e milhares de anos de história em comum.

Arrumei os copos na prateleira superior da lava-louças. Meu livro dizia que os Sete Clãs haviam ficado tanto tempo afastados do resto da humanidade que eles até tinham uma formação genética diferente. Meus pais... minha família. Éramos absolutamente normais. O balconista estava apenas implicando comigo.

De repente, deixei cair a esponja e me levantei. Franzi a testa e olhei para fora da janela. Estava escuro. Olhei em volta da cozinha, com uma forte sensação de... não sabia dizer o quê. Uma tempestade se aproximando? Uma vaga sensação de perigo se agitava no ar.

Eu tinha acabado de fechar a lava-louças quando a porta da cozinha se abriu. Meus pais entraram, com meu pai parecendo incomodado, e mamãe, aborrecida, mordendo os lábios.

— O que houve? — perguntei, fechando a torneira e sentindo meu coração palpitar.

Mamãe passou a mão por seu cabelo liso e castanho-avermelhado, tão parecido com o de Mary K.

— Isto é seu? — perguntou. — Estes livros sobre bruxas? — Ela mostrou os livros que eu havia comprado na Mágicka Prática.

— Aham — murmurei. — Que que tem?

— Por que você tem isto? — perguntou minha mãe. Ela ainda não havia tirado suas roupas de trabalho, e parecia desmazelada e cansada.

— É interessante — respondi, espantada com o seu tom.

Meus pais se entreolharam. A luz do teto se refletia no topo da cabeça calva de meu pai.

— O pessoal da escola está envolvido nisso ou é só você? — indagou mamãe.

— Mary Grace — interveio meu pai, mas ela o ignorou. Franzi as sobrancelhas.

— O que você quer dizer? Não é nada demais, é? — falei, balançando a cabeça. — É só... interessante. Queria saber mais sobre o assunto.

— Morgana — começou minha mãe, e eu não podia acreditar em como ela estava chateada. Ela sempre tentava se manter calma comigo e com Mary K., independentemente do quão atribulada estava sua vida.

— O que sua mãe está tentando dizer — interveio meu pai — é que esses livros sobre bruxaria não são o tipo de coisa que queremos que você leia. — Ele pigarreou e puxou a gola do suéter, parecendo incrivelmente desconfortável.

Fiquei boquiaberta e perguntei:

— Como assim?

— Como assim! — gritou mamãe, e eu quase pulei de susto com seu tom de voz. — Porque é bruxaria!

Eu a encarei.

— Mas não é tipo... magia negra nem nada — tentei explicar. — Quero dizer, não há nada de realmente perigoso ou assustador nisso. São só pessoas saindo juntas, entrando em contato com a natureza. E daí se elas celebram as luas cheias? — Não mencionei velas em forma de pênis, ondas de energia nem mergulhos sem roupa.

— É mais que isso — insistiu minha mãe. Seus olhos castanhos estavam arregalados, e ela parecia tão tensa quanto uma corda de piano. Virou-se para meu pai e pediu: — Sam, por favor, me ajude.

— Olhe, Morgana — disse meu pai, mais calmo. — Estamos preocupados. Acho que somos bastante mente aberta, mas somos católicos. Essa é a nossa religião. Somos da Igreja Católica. E a Igreja não tolera bruxaria, nem perdoa as pessoas que a praticam.

— Não acredito nisso — falei, começando a ficar impaciente. — Vocês estão agindo como se fosse uma grande ameaça ou algo assim. — Lembranças de como me senti mal depois dos dois círculos me vieram à mente. — Quero dizer, é Wicca. É como pessoas protestando contra o uso de animais em testes de laboratório ou dançando em festas tradicionais. — Lembrei-me de alguns dos fatos sobre a Wicca que eu tinha lido. — Sabe, a Igreja Católica adotou várias tradições que surgiram na Wicca. Como o uso de visco no Natal e dos ovos na Páscoa. Esses são dois símbolos antigos de uma religião que surgiu muito antes do cristianismo ou do judaísmo.

Mamãe me olhava fixamente.

— Olhe aqui, senhorita — falou, e percebi que ela estava com muita raiva. — Estou lhe dizendo que não vamos aceitar bruxaria nesta casa. Estou lhe dizendo que a Igreja Católica não aprova isso. Estou lhe dizendo que cremos em *um* Deus. Agora quero estes livros fora da minha casa!

Era como se minha mãe tivesse sido substituída por uma réplica alienígena. Aquilo era tão pouco típico dela que só pude ficar olhando, boquiaberta. Meu pai ficou parado ao lado dela com a mão em seu ombro, obviamente tentando acalmá-la, mas ela apenas olhava para mim, com as linhas em volta da boca acentuadas e os olhos furiosos, frios e... preocupados?

Eu não sabia o que dizer. Em geral, minha mãe era bastante razoável.

— Achei que acreditássemos no Pai, no Filho e no Espírito Santo — falei. — São três.

Minha mãe estava apoplética, e as veias saltavam em seu pescoço. De repente, percebi que eu já era mais alta do que ela.

— Vá para o seu quarto — gritou mamãe, e eu pulei de novo. Não era comum levantarmos a voz.

— Mary Grace — murmurou o meu pai.

— Vá! — berrou ela, esticando o braço e apontando a porta da cozinha. Quase parecia que ela queria me bater, e eu estava muito chocada.

Meu pai tocou o ombro dela numa tentativa ineficaz de fazer um gesto conciliatório. Seu rosto estava cansado, e os olhos, preocupados por trás dos óculos de ferro.

— Já estou indo — balbuciei, pegando o caminho mais longo para contorná-los.

Subi as escadas e bati a porta do quarto. Cheguei até a trancá-la, coisa que não tenho permissão para fazer. Sentei-me na cama, assustada e tentando não chorar.

Sem parar, um pensamento rondava minha mente: de que minha mãe tinha tanto medo?

14

Mais fundo

"Havia muitos anos que o rei e a rainha queriam ter um filho, e finalmente adotaram uma menina. Mas, para sua desgraça, a criança estava destinada a se tornar enorme e devorá-los com seus dentes de aço."

— De um conto de fadas russo

— Então, como foi que você ficou por uma atriz? — perguntou Mary K. na manhã seguinte.

Eu estava saindo de ré com Das Boot da entrada da garagem, com dois biscoitos de morango presos entre os dentes.

Certa vez, quando Mary K. era pequena, ela havia feito alguma coisa errada e minha mãe lhe dissera, com severidade, que ela estava "por um triz". Minha irmã entendera "por uma atriz", e é claro que nada daquilo fez sentido para ela. Agora era assim que sempre falávamos.

— Andei lendo algumas coisas que eles não queriam que eu lesse — murmurei casualmente, tentando não espalhar farelos por todo o painel do carro.

— Tipo pornografia? — perguntou Mary K., animada, de olhos arregalados. — Onde você conseguiu?

— Não era pornografia — retruquei, exasperada. — Na verdade, não era nada de mais. Não sei por que eles ficaram tão chateados.

— Mas então o que era? — insistiu Mary K.

Revirei os olhos e passei a marcha.

— Uns livros sobre Wicca — falei. — É uma religião antiga, centrada no feminino, que precedeu o judaísmo e o cristianismo. — Eu soava como uma enciclopédia.

Minha irmã pensou por alguns instantes.

— Bem, *isso* é chato — disse, por fim. — Por que você não lê pornografia ou alguma coisa divertida que eu possa pegar emprestado?

— Quem sabe da próxima vez? — respondi, rindo.

— Você está brincando — exclamou Bree, de olhos arregalados. — Não acredito. Isso é horrível.

— É tão idiota — falei. — Eles disseram que não queriam os livros em casa.

O banco em que estávamos sentadas, do lado de fora da escola, estava gelado, e o sol de outubro parecia ficar mais fraco a cada dia.

Robbie balançou a cabeça de um jeito compreensivo. Os pais deles eram católicos muito mais fervorosos que os meus. Eu duvidava de que ele havia compartilhado com os pais seu interesse pela Wicca.

— Você pode deixá-los na minha casa — ofereceu Bree. — Meu pai não se importa nem um pouco.

Fechei o casaco até o pescoço e me encolhi dentro dele. Faltavam poucos minutos para o início das aulas, e nosso novo grupo híbrido estava reunido ao lado da entrada leste da escola. Vi Tamara e Janice caminhando para o prédio, com as cabeças baixas enquanto conversavam. Sentia falta delas. Ultimamente, não as via com muita frequência.

Cal estava sentado no banco à nossa frente, ao lado de Beth. Usava botas de cowboy antigas, com as solas bem gastas. Estava em silêncio e não olhava na nossa direção, mas eu tinha certeza de que ouvia cada palavra da conversa.

— Eles que se danem — esbravejou Raven. — Não podem decidir o que você lê. Não vivemos em uma ditadura.

Bree bufou.

— Ah, claro — falou. — Não se esqueça de me chamar quando for mandar Sean e Mary Grace se ferrar.

Não pude conter um sorriso.

— Eles são seus pais — disse Cal, quebrando seu silêncio de repente. — É claro que você os ama e quer respeitar seus sentimentos. Se eu fosse você, também estaria arrasado.

Naquele momento, fiquei ainda mais profundamente apaixonada por Cal. De certo modo, eu esperava que ele fosse dizer que meus pais estavam sendo estúpidos e histéricos, como todos os outros tinham feito. Como Cal era o mais ardoroso seguidor da Wicca entre nós, achei que a reação de meus pais fosse deixá-lo mais chateado que todos os outros.

Bree olhou para mim, e eu rezei para que meus sentimentos não estivessem escritos na minha testa. Nos contos de fadas, as pessoas sempre eram feitas uma para a outra, e elas se encontravam e viviam felizes para sempre. Cal era a pessoa certa para mim. Eu não conseguia imaginar ninguém mais perfeito. Porém, que conto de fadas doentio seria este se ele fosse feito para mim mas eu não fosse feita para ele?

— É uma decisão difícil — prosseguiu Cal. Nosso grupo começava a ouvi-lo como se ele fosse um apóstolo transmitindo ensinamentos. — Tenho sorte pela Wicca ser a religião da minha família. — Ele refletiu por um momento, com a mão na bochecha. — Se eu dissesse a minha mãe que queria me tornar católico, ela ia ficar completamente louca. Não sei se eu conseguiria. — Cal sorriu para mim.

Robbie e Beth riram.

— De qualquer forma — emendou Cal, voltando a ficar sério —, cada um tem que escolher seu próprio caminho. Você precisa decidir o que fazer. Espero que ainda queira explorar a Wicca, Morgana. Acho que você tem um dom para isso. Mas vou entender se não puder.

A porta da escola se abriu com força, e Chris Holly saiu, seguido por Trey Heywood.

— Ah — disse Chris, em voz alta. — Foi mal. Não queria interromper os *bruxos*.

— Não enche — disse Raven, num tom entediado.

Chris a ignorou.

— Vocês estão fazendo feitiços aqui? Pode fazer isso dentro da escola?

— Chris, por favor — interveio Bree, esfregando a têmpora. — Pare com isso.

Ele se virou para encará-la.

— Você não pode me dizer o que fazer. Não é mais minha namorada. Certo?

— Certo — respondeu Bree, olhando para ele, furiosa.
— E esse seu comportamento é um dos motivos.

— É, bem... — começou Chris, mas foi interrompido pelo sinal e pela aparição do inspetor Ambrose, que caminhava a passos largos.

— Para a aula, crianças — falou, abrindo as portas do prédio.

Chris olhou para Bree de cara feia e depois seguiu o inspetor para dentro. Peguei minha mochila e caminhei em direção à porta, seguida por Robbie. Bree ficou para trás. Dei uma olhada rápida por cima do ombro e a vi conversando com Cal, com a mão no braço dele. Raven os observava com os olhos semicerrados.

Confusa, tracei meu caminho para a sala de aula como uma vaca voltando para o celeiro. Minha vida parecia complicada demais.

Naquela tarde, coloquei meus livros sobre Wicca numa sacola de papel e os levei para a casa de Bree. Ela prometera que eu poderia ir lá para lê-los sempre que quisesse.

— Vou guardá-los em segurança para você — disse ela.

— Obrigada. — Tirei os cabelos de cima dos ombros e apoiei a cabeça na porta. — Será que posso vir hoje depois do jantar? Estou no meio do livro sobre a história da bruxaria, e está fascinante.

— Claro — disse ela, compreensiva. — Pobrezinha.
— Ela deu tapinhas no meu ombro. — Olhe, fique quieta por um tempo, deixe a poeira baixar. E saiba que pode vir para ler ou apenas para passar o tempo sempre que quiser, OK?

— OK — concordei, abraçando-a. — Como vão as coisas com Cal? — Era doloroso perguntar, mas eu sabia que era sobre isso que ela queria falar.

Bree fez uma careta.

— Há dois dias, ele falou comigo durante quase uma hora ao telefone, mas ontem pedi a ele que fosse até Wingott's Farm comigo e ele se recusou. Se ele não ceder logo, vou ter que começar a persegui-lo.

— Ele vai ceder — previ. — Eles sempre cedem.

— É verdade — concordou Bree, com olhos desejosos.

— Bem, ligo para você mais tarde — falei, subitamente ansiosa para encerrar aquela conversa.

— Aguente firme — gritou ela para mim enquanto eu me afastava.

Na semana seguinte, me obriguei a passar mais tempo com Tamara, Janice e Ben. Fui ao clube de matemática e tentei muito me concentrar nas funções, mas queria estar aprendendo mais sobre Wicca e, sobretudo, queria estar perto de Cal.

Quando contei a minha mãe que havia me livrado dos livros, ela ficou um pouco sem graça, mas muito aliviada. Por um instante, me senti culpada por omitir que os livros estavam na casa de Bree e que eu ainda os estava lendo à noite, mas afastei esse sentimento. Respeitava meus pais, mas não concordava com eles.

— Obrigada — disse minha mãe, baixinho. Ela parecia querer falar mais alguma coisa, mas não o fez.

Naquela semana, eu a peguei me observando diversas vezes, e o mais estranho era que seu olhar me lembrava o do balconista medonho da Mágicka Prática. Ela me observava com expectativa, como se eu estivesse prestes a criar chifres ou algo assim.

Durante aquela semana, o outono veio chegando muito devagar, subindo pelo rio Hudson em direção a Widow's Vale. Os dias estavam notadamente mais curtos, e o vento, mais gelado. Havia uma sensação de expectativa em tudo à minha volta; nas folhas, na brisa, na luz do sol. Eu sentia que algo grande estava para acontecer, mas não sabia o quê.

Na tarde de sábado, o telefone tocou enquanto eu fazia o dever de casa. Cal, pensei, antes mesmo de pegar o aparelho que fica no segundo andar.

— Oi — disse ele, e o som de sua voz me deixou ligeiramente sem ar.

— Oi — respondi.

— Você vai para o círculo hoje à noite? — perguntou ele, sem rodeios. — Vai ser na casa do Matt.

Havia dias em que eu me debatia com aquela questão. De fato, eu estava desobedecendo a essência das ordens de meus pais ao ler os livros sobre Wicca, mas participar de outro círculo parecia uma infração muito maior. Estudar sobre a Wicca era uma coisa, praticar era outra.

— Não posso — falei, por fim, quase com vontade de chorar.

Cal ficou em silêncio por um minuto.

— Prometo que todo mundo vai ficar vestido. — Dava para perceber o bom humor em sua voz, o que me fez sorrir. — Prometo que não vou carregá-la para a água — acrescentou ele, tão baixinho que eu mal tinha certeza de que realmente o havia ouvido.

Não sabia o que dizer. Podia sentir o sangue correndo em minhas veias.

— A menos que você queira — acrescentou ele, tão baixinho quanto antes.

Bree, sua melhor amiga, está apaixonada por ele, lembrei a mim mesma, precisando quebrar o encanto. Ela tem chances. Você não.

— É só que... eu n-não posso — gaguejei debilmente. Ouvi minha mãe caminhando no andar de baixo, então entrei no quarto e fechei a porta.

— Tudo bem — disse ele simplesmente, deixando o silêncio, um tipo intimista de silêncio, cair entre nós.

Deitei na cama, olhando para as folhas cor de fogo das árvores pela janela. Percebi que abriria mão do resto da minha vida só para ter Cal deitado ali, ao meu lado, naquele momento. Fechei os olhos, e as lágrimas começaram a transbordar pelas pálpebras cerradas e a escorrer pelas laterais de meu rosto.

— Quem sabe na próxima — disse ele, gentilmente.

— Talvez — falei, tentando manter a voz firme. Mas talvez não, pensei, angustiada.

— Morgana...

— O quê?

Silêncio.

— Nada. Vejo você segunda-feira na escola. Vamos sentir sua falta hoje à noite.

"Vamos sentir sua falta". E não "vou sentir sua falta".

— Obrigada — falei.

Desliguei o telefone, escondi o rosto no travesseiro e chorei.

15

Abadia de Killburn

"Há poder nas plantas da Terra e nos animais:
em todas as coisas vivas, no clima, no tempo, no
movimento. Se você estiver em sintonia com o
Universo, poderá sentir o seu poder."

— SER UM BRUXO, Sarah Morningstar, 1982

O Samhain está chegando. Ontem à noite, o círculo foi fraco e sem graça sem ela. Preciso dela. Acho que é a escolhida.

— Sabe, algumas garotas realmente engravidam aos 16 anos — murmurei para Mary K. na tarde de domingo.

Não acreditava que minha vida tinha se resumido àquilo: sentar-me no banco traseiro de um ônibus escolar com um monte de católicos devotados e alegres, a caminho da abadia de Killburn. Continuei:

— Alguns adolescentes têm problemas com drogas e dão perda total no carro dos pais. Eles abandonam a escola. Tudo o que fiz foi levar alguns *livros* para casa.

Suspirei e apoiei a cabeça na janela do ônibus, torturando-me ao pensar no que havia acontecido no círculo da noite anterior.

Se você nunca passou uma hora num ônibus com um monte de adultos da sua igreja, não faz a menor ideia de quão longa pode ser uma hora. Meus pais estavam sentados algumas fileiras à frente e pareciam felizes como porcos na lama, conversando e rindo com seus amigos. Melinda Johnson, de 5 anos, ficou enjoada por causa da viagem, e ficamos parando o tempo todo, para que ela se pendurasse para fora da porta do ônibus.

— Chegamos! — anunciou finalmente a Srta. Hotchkiss, ficando de pé na primeira fileira enquanto o ônibus freava com um ruído e encostava na frente do que parecia uma prisão. A Srta. Hotchkiss é irmã do padre Hotchkiss e cuida da casa para ele.

Mary K. olhou pela janela, desconfiada.

— Isso é uma cadeia? — sussurrou. — Será que nos trouxeram aqui para nos assustar ou algo assim?

Resmunguei e segui a multidão que saltava do ônibus. Do lado de fora, o ar estava frio e úmido, e pesadas nuvens cinzentas moviam-se rapidamente pelo céu. Senti cheiro de chuva e percebi que nenhum pássaro cantava.

À nossa frente havia paredes de cimento altas, com pelo menos 3 metros. Estavam manchadas pelos anos que ficaram expostas ao clima e à sujeira e eram adornadas por trepadeiras. Em uma das paredes havia um par de grandes portas pretas, com parafusos pesados e dobradiças enormes.

— OK, pessoal — chamou o padre Hotchkiss, animado. Ele se dirigiu ao portão e tocou a campainha, e alguns instantes depois a porta foi aberta por uma mulher que usava um crachá que dizia "Karen Breems".

— Olá! Vocês devem ser o grupo de St. Michael — disse, em tom entusiasmado. — Sejam bem-vindos à abadia de Killburn. Este é um dos conventos de clausura mais antigos do estado de Nova York. Agora não há mais freiras morando aqui... a irmã Clement morreu em 1987. Agora o lugar é um museu e um centro de retiro.

Atravessamos as portas e chegamos a um pátio sem plantas, coberto por um cascalho fino que estalava sob nossos pés. Peguei-me sorrindo enquanto olhava à minha volta, mas não sabia por quê. A abadia de Killburn era sem vida, cinzenta e isolada. Mas, quando entrei, fui tomada por uma intensa e penetrante sensação de tranquilidade. Minhas preocupações pareceram derreter diante daquelas grossas paredes de pedra, do pátio aberto e das janelas gradeadas.

— Este lugar parece uma prisão — disse Mary K., franzindo o nariz. — Pobres freiras.

— Não, não parece uma prisão — respondi, olhando para as pequenas janelas que ficavam bem no alto das paredes. — Parece um santuário.

Vimos as minúsculas celas de pedra onde as freiras costumavam dormir sobre duros catres de madeira cobertos de palha. Havia uma cozinha grande e primitiva, com uma grande bancada e potes e panelas enormes e surrados. Se eu apertasse os olhos, podia ver uma freira de hábito preto picando ervas dentro da água fervente, preparando chás medicinais para as irmãs doentes. Uma bruxa, pensei.

— A abadia era quase completamente autossuficiente — explicou a Sra. Breems, nos conduzindo para fora da cozinha, por uma estreita porta de madeira. Saímos para um jardim murado, triste e negligenciado, com uma vegetação alta demais. — As freiras cultivavam todos os legumes, verduras e frutas que consumiam, e faziam compotas do que precisavam que durasse até o fim do inverno — prosseguiu. — Quando a abadia foi inaugurada, havia até ovelhas e cabras para fornecimento de leite, carne e lã. Esta área era a horta, murada para manter afastados os coelhos e cervos. Como é comum em muitas abadias europeias, o herbário tinha o formato de um pequeno labirinto circular.

Como a roda do ano, pensei, contanto oito grandes raios, agora decrépitos e, às vezes, indistintos. Um para Samhain, um para Yule, um para Imbolc, e então Ostara, Beltane, Litha, Lammas e Mabon.

É claro que eu tinha certeza de que as freiras nunca pretenderam usar a roda da Wicca no design de seu jardim. Elas ficariam totalmente horrorizadas com isso. Mas a Wicca era assim: antiga, e sempre permeando muitas facetas das vidas das pessoas sem que elas se dessem conta.

Enquanto descíamos os caminhos de pedra, gastos por centenas de anos sendo pisados por sandálias, a Sra. Petrie, produtora de ervas, estava praticamente em êxtase. Eu andava atrás dela, ouvindo-a murmurar:

— Endro, sim. E olhe essa camomila robusta! Ah, e essa é catinga-de-mulata... Meu deus, odeio catinga-de-mulata. Ela se sobrepõe a tudo...

Enquanto eu a seguia, posso jurar que uma onda de mágicka me invadiu, elevando meu espírito e fazendo o sol brilhar em meu rosto. Cada canteiro, embora não recebesse mais cuidado algum, era uma revelação.

Eu não sabia os nomes da maioria das plantas, mas elas deixavam suas impressões em mim. Algumas vezes, me inclinei e toquei seus topos marrons, seus caules quebradiços, as folhas ressecadas. Enquanto fazia isso, imagens nebulosas se formavam repetidamente em minha cabeça: eupatório, tanaceto, eufrásia, erva-ulmeira, alecrim, dente-de-leão...

Ali à minha frente estavam os parcos restos outonais de plantas capazes de curar, de fazer mágicka, de temperar comida, produzir incensos, sabonetes e tinturas... Minha cabeça girava com as possibilidades.

Ajoelhando-me, esfreguei os dedos numa babosa pálida, que todos usam em casos de queimaduras, inclusive as de sol. Minha mãe fazia isso o tempo todo, e não se preocupava com o fato de ser bruxaria. Ali perto havia um arbusto de loureiro, com o tronco contorcido pelo tempo e pela idade. Quando o toquei, parecia limpo, puro e forte. Havia arbustos de tomilho; uma gatária enorme e agonizante; sementes de cominho, minúsculas e marrons, em galhos quebradiços. Era um mundo novo se abrindo para que eu o explorasse, para que me perdesse nele. Toquei suavemente uma hortelã retorcida.

— A hortelã nunca morre — disse a Sra. Petrie ao me ver fazer aquilo. — Ela sempre volta. Na verdade, é muito invasiva... Cultivo as minhas em vasos.

Sorri e assenti para ela. Já não sentia mais o frio no ar. Explorei cada caminho, vendo espaços vazios onde uma vez houvera plantas ou onde ainda estavam seus caules, esperando pelo renascimento na primavera. Li cuidadosamente as pequenas placas de metal, cada uma com o nome de uma planta escrita em letra cursiva, feminina.

Minha mãe se aproximou e ficou ao meu lado.

— É tão interessante, não é? — Senti que ela estava tentando fazer as pazes.

— É incrível — respondi, com sinceridade. — Adoro todas essas ervas. Acha que papai me cederia um pequeno espaço no quintal para que pudéssemos cultivar nossas próprias ervas?

Mamãe me encarou, olho no olho.

— Você está tão interessada assim? — perguntou ela, olhando para baixo na direção de um grupo de alecrins rígidos.

— Estou. É tão bonito aqui! Não seria legal cozinharmos com nossa própria salsa e nosso alecrim?

— Seria mesmo — concordou mamãe. — Talvez na próxima primavera. Vamos falar com seu pai sobre isso.

Ela se virou e foi para perto da Srta. Hotchkiss, que estava conversando sobre a história da abadia.

Quando chegou a hora de voltar para o ônibus, tive que me forçar a ir embora. Queria ficar na abadia, andar por seus corredores, sentir seus cheiros, ter a sensação das folhas secas das plantas esfarelando-se sob meus dedos. As plantas me chamavam através da mágicka de sua vida fraca, sem forças, e quando cheguei do lado de fora dos portões da abadia de Killburn, eu entendi.

Apesar da objeção de meus pais, apesar de tudo, aprender sobre as bruxas não era o suficiente para mim. Eu queria ser uma delas.

16

Bruxo de sangue

"Ser um bruxo não é questão de escolha. Ou você é ou não é. Está no sangue."

— Tim McClean, também conhecido como Feargus, o Brilhante.

A frustração me dá vontade de uivar. Ela não vem até mim. Sei que não posso obrigá-la. Deusa, por favor, me dê um sinal.

Na segunda-feira depois da aula, Robbie e eu faltamos ao clube de xadrez e fomos à Mágicka Prática. Aquilo estava se tornando um hábito para mim. Comprei um livro sobre uso de ervas e de outras plantas na mágicka, e também um lindo livro branco com páginas cor de creme e capa marmorizada. Seria meu Livro das Sombras. Pretendia escrever meus sentimentos com relação à Wicca, fazer anotações sobre nossos círculos e tudo o mais que eu estivesse pensando.

Robbie comprou uma vela preta em forma de pênis que ele achou o máximo.

— Muito engraçado — falei. — Você vai se tornar popular com as garotas.

Ele gargalhou.

Fomos para a casa de Bree e ficamos no quarto dela. Deitei na cama dela e li meu livro sobre ervas enquanto Robbie mexia no aparelho de som, conferindo os mais novos CDs de Bree. Ela estava sentada no chão, pintando as unhas dos pés e lendo meu livro sobre os Sete Grandes Clãs.

— Isso é tão legal! Escutem só — dizia ela quando a campainha tocou no andar de baixo.

Instantes depois, ouvimos as vozes de Jenna e Matt subindo as escadas.

— Oi! — disse Jenna alegremente, com seus cabelos louro-claros balançando sobre os ombros. — Meu Deus, está tão frio lá fora! Cadê o verão?

— Entrem — disse Bree, e deu uma olhada ao redor do quarto. — Talvez devêssemos descer para a sala de estar.

— Voto por ficarmos aqui — falou Robbie.

— É. Temos mais privacidade — concordei, sentando-me.

— Ouçam, gente — anunciou Bree. — Estou lendo este livro sobre os Sete Grandes Clãs da Wicca.

— Uuh — disse Jenna, fingindo um calafrio.

— "Depois de praticar sua arte por séculos, cada um dos Sete Grandes Clãs acabou dominando uma área da mágicka. Numa extremidade do espectro está o clã Woodbane, que se tornou famoso pela mágicka negra e sua capacidade de fazer o mal."

Um calafrio de verdade percorreu minha espinha, mas Matt arqueou as sobrancelhas e Robbie soltou uma gargalhada diabólica.

— Isso não soa como Wicca — falou Jenna, tirando o casaco. — Lembram? Tudo o que você faz volta pra você triplicado. Tudo aquilo que Cal leu no último fim de semana. Bree, que esmalte incrível! Qual é o nome?

Bree olhou o frasco.

— Azul-celestial.

— Muito legal — disse Jenna.

— Obrigada — falou Bree. — Esperem... Isso é muito interessante. "No extremo oposto do espectro está o clã Rowanwand. Sempre bons e pacíficos, os Rowanwand ficaram famosos por deter muito conhecimento sobre mágicka. Escreveram o primeiro Livro das Sombras. Juntaram feitiços. Exploraram as propriedades mágickas do mundo à sua volta."

— Legal — exclamou Robbie. — O que aconteceu com eles?

Bree correu os olhos pela página.

— Humm... deixe-me ver...

— Eles morreram — interveio a voz forte de Cal da porta aberta do quarto de Bree.

Todos pulamos; nenhum de nós ouvira a campainha, nem seus passos na escada.

Depois de um momento de surpresa, Bree saudou-o com um sorriso brilhante.

— Entre — falou, guardando seus apetrechos de manicure.

— Oi, Cal — disse Jenna, sorrindo.

— Oi — respondeu ele, pendurando o casaco na maçaneta.

— O que você quer dizer com "morreram"? — perguntou Robbie.

Cal sentou-se ao meu lado na cama. Bree se virou e nos viu ali, sentados juntos; seus olhos faiscaram.

— Bem, havia os Sete Grandes Clãs — reiterou Cal. — Os Woodbane, que eram considerados maus, os Rowanwand, que eram bons, e cinco outras famílias no meio, que tinham vários graus de maldade e bondade.

— Essa é uma história verdadeira? — perguntou Jenna, jogando seu chiclete no lixo.

Cal assentiu.

— Até onde sabemos, sim. Enfim, basicamente, os Woodbane e os Rowanwand brigaram por milhares de anos e, ao longo desse tempo, os outros cinco clãs ora se uniam a um, ora a outro.

— Quais são os outros cinco clãs? — indagou Robbie.

— Espere, acabei de ver isso — interferiu Bree, passando o dedo pela página.

— Woodbane, Rowanwand, Vikroth, Brightendale, Burnhide, Wyndenkell e Leapvaughn — recitei de cor. Todos me olharam surpresos, menos Cal, que sorriu. — Acabei de ler esse livro — expliquei.

Bree assentiu devagar.

— É, Morgana está certa. Aqui diz que os Vikroth eram guerreiros. Os Brightendale trabalhavam com plantas e eram tipo médicos. Os Burnhide se especializaram na mágicka das pedras, cristais e metais. Os Wyndenkell eram peritos em criar feitiços. Os Leapvaughn eram travessos, divertidos e, às vezes, horríveis.

— Os Vikroth são aparentados com os Vikings — contou Cal. — E a palavra irlandesa *leprechaun*, que significa duende, vem de Leapvaughn.

— Legal — disse Matt.

Jenna sentou-se no chão à frente dele de modo que pudesse se apoiar nas suas pernas, e Matt passou os dedos distraidamente pelos cabelos dela.

— Então, como eles morreram? — perguntou Robbie.

— Lutaram uns contra os outros por milhares de anos — repetiu Cal, com uma mecha de cabelo projetando uma sombra na bochecha. — Aos poucos, eles foram se extinguindo. Os Woodbane e seus aliados simplesmente matavam os inimigos, tanto em batalhas abertas quanto por magia negra. Os Rowanwand também machucavam seus adversários, não com magia negra, mas por não compartilhar o que sabiam, deixando as linhas de conhecimento dos outros clãs desaparecerem, recusando-se a compartilhar sua riqueza. Por exemplo, se membros dos Vikroth adoecessem e os Rowanwand pudessem curá-los com um feitiço, não o faziam. Assim, seus inimigos morriam.

— Aqueles desgraçados — xingou Robbie, e Bree riu. Uma ligeira irritação me fez franzir o cenho.

Cal lançou para Robbie um olhar mordaz.

— Continue, Cal — pediu Bree. — Não ligue para ele.

Do lado de fora, o céu já havia escurecido, e uma chuva fria e constante começou a bater contra os vidros da janela. Eu detestava a ideia de ter que voltar para casa, para os hambúrgueres com batata frita de Mary K.

— Bem, cerca de trezentos anos atrás — prosseguiu Cal —, até a época do julgamento das bruxas de Salém aqui nos Estados Unidos, houve um enorme cataclismo entre as tribos. Ninguém sabe exatamente por que isso aconteceu justo naquele tempo, e no mundo inteiro, pois os clãs haviam se espalhado um pouco, mas bruxos foram subitamente dizimados. Os historiadores estimam que, num período de cem anos, de noventa a noventa e cinco por cento das bruxas e bruxos foram mortos, ou uns pelos outros ou pelas autoridades humanas que haviam se envolvido no conflito.

— Você está dizendo que o julgamento das bruxas de Salém foi armado por outros bruxos para destruir seus rivais? — perguntou Bree, incrédula.

— Estou dizendo que isso não está claro — afirmou Cal. — É uma possibilidade.

Por fora, minha pele estava morna, com minhas sensações sendo acalmadas pela presença de Cal e por sua voz. Por dentro, eu sentia frio, congelava até os ossos. Odiava ouvir histórias de bruxos sendo perseguidos e mortos.

— Depois disso — continuou Cal —, por mais de duzentos anos, bruxos de todos os lugares caíram na Idade das Trevas. Os clãs deixaram de ser coesos; bruxos de diferentes clãs ou se casaram e tiveram filhos que não pertenciam a lugar nenhum ou se casaram com humanos e não puderam ter filhos.

Eu me lembrava de ter lido que as pessoas acreditavam que os Sete Clãs haviam se mantido isolados por tanto tempo que se tornaram diferentes dos outros seres humanos e não podiam se reproduzir com pessoas normais.

— Você sabe tanto sobre essas coisas... — comentou Jenna.

— Faz muito tempo que venho estudando — justificou Cal.

Bree esticou o braço e tocou o joelho dele.

— O que aconteceu depois? Ainda não cheguei a essa parte.

— Os velhos métodos e ressentimentos foram esquecidos — disse ele. — E o conhecimento humano da mágicka quase se perdeu para sempre. Então, há cerca de cem anos, um pequeno grupo de bruxos, representando todos os sete clãs, ou o que restava deles, conseguiu emergir da Idade das Trevas e deu início ao Renascimento da cultura Wiccana.

Ele se ajeitou no lugar, e a mão de Bree caiu de seu joelho. Matt fazia uma pequena trança no cabelo de Jenna, e Robbie estava estirado sobre o tapete, com uma das mãos apoiando a cabeça.

— O livro diz que eles perceberam que a grande divisão entre os clãs pode ter ajudado a provocar o cataclismo — falei. — Por isso decidiram criar um único grande clã, sem distinções.

— Unidade na diversidade — acrescentou Cal. — Eles sugeriram casamentos entre os clãs e uma melhor relação entre bruxos e humanos. Esse pequeno grupo de bruxos iluminados chamava a si mesmo de o Grande Conselho, e existe até hoje. Quase todos os covens da atualidade existem por causa do Grande Conselho e de seus ensinamentos. Hoje em dia, a Wicca está crescendo depressa, mas os antigos clãs são apenas uma lembrança. A maioria das pessoas não os leva mais a sério.

Lembrei-me do balconista da Mágicka Prática me perguntando a que clã eu pertencia, e também de outra coisa que ele me dissera.

— O que é bruxo de sangue? — indaguei. — Em comparação a um bruxo bruxo?

Cal olhou nos meus olhos, e senti uma onda surgir e crescer dentro de mim.

— Diz-se que uma pessoa é bruxa de sangue quando pode-se seguramente traçar sua ascendência até um dos sete clãs — explicou. — Um bruxo normal é alguém que pratica a Wicca e vive de acordo com seus princípios. Eles tiram sua energia mágicka das forças naturais encontradas em toda parte. Um bruxo de sangue tende a ser um condutor muito mais forte dessa energia, e tem grandes poderes.

— Acho que todos nós seremos bruxos bruxos — disse Jenna com um sorriso. Ela dobrou os joelhos e envolveu-os com os braços, parecendo maliciosa e feminina.

Robbie assentiu para ela.

— E temos quase um ano inteiro pela frente — falou, ajeitando os óculos no nariz. Seu rosto parecia em carne viva e inflamado, como se estivesse machucado.

— Exceto eu — disse Cal, à vontade. — Sou um bruxo de sangue.

— Você é um bruxo de sangue? — perguntou Bree, de olhos arregalados.

— Claro. — Cal deu de ombros. — Minha mãe é, meu pai foi, então eu também sou. Há mais de nós espalhados por aí do que vocês pensam. Minha mãe conhece um monte.

— Uau! — exclamou Matt, com as mãos imóveis enquanto olhava para Cal. — Então, de que clã você é?

Cal sorriu.

— Não sei. Os registros se perderam quando as famílias de meus pais imigraram para os Estados Unidos. A família de minha mãe era da Irlanda, e a de meu pai, da Escócia, então eles podem ser de vários clãs diferentes. Talvez Woodbane — disse ele, e riu.

— Isso é tão incrível — falou Jenna. — Faz tudo parecer muito mais real.

— Não sou tão poderoso quanto muitos outros dos bruxos — acrescentou Cal, sem rodeios.

Em minha mente, desenhei o contorno de seu perfil — sobrancelha suave, nariz reto, lábios esculpidos —, e o restante do quarto ficou embaçado, sumindo de vista. São seis da tarde, pensei debilmente, então ouvi as batidas do relógio no andar de baixo marcando as horas.

— Tenho que ir para casa — ouvi-me dizer, como se estivesse muito longe. Enfiei o livro sobre ervas embaixo do suéter, depois desviei os olhos do rosto de Cal e saí do quarto, sentindo como se, a cada passo, eu estivesse afundando até o joelho numa esponja.

Enquanto descia a escada, segurei com força no corrimão. Do lado de fora, a chuva batia contra meu rosto. Pisquei e corri para o Das Boot. O interior do meu carro estava congelante, com os assentos de vinil gelados e o volante frio. Minhas mãos molhadas giraram a chave na ignição.

As palavras continuavam latejando em minha mente. *Bruxo de sangue. Bruxo de sangue. Bruxo de sangue.*

17

Presa

"Em 1217, os caçadores de bruxos prenderam uma bruxa Vikraut. Porém, na manhã seguinte, a cela estava vazia. Daí vem o ditado: 'Melhor matar uma bruxa três vezes do que prendê-la', pois não se pode deter uma bruxa."

— FEITICEIRAS, BRUXAS E MAGOS,
Altus Polydarmus, 1618

Outubro. Abandonei meu antigo diário. Esta é a primeira coisa que escrevo no meu Livro das Sombras. Não sei se estou fazendo isso direito. Nunca vi outro livro desses. Mas queria documentar meu despertar para a vida, este outono, este ano. Estou despertando como bruxa, e esta é a coisa mais alegre e mais assustadora que já fiz.

— E foi tão incrível — falei, abrindo a tampa do meu iogurte. — A horta era organizada em oito raios, como a roda dos sabás. Todas aquelas plantas para cozinhar e curar... E elas eram todas freiras! Católicas! — Peguei um pouco de iogurte com a colher e olhei em volta da nossa mesa.

Estávamos no refeitório da escola, e Robbie havia cometido o erro de perguntar casualmente como fora o passeio da igreja no domingo — a família dele frequenta a minha paróquia. Agora eu não parava de falar.

— Você tem que ficar de olho nessas freiras — disse Robbie, tomando um gole de seu milkshake.

— Meu Deus, está em todos os lugares — exclamou Jenna, balançando a cabeça. Ela limpou os lábios com um guardanapo e tirou o cabelo de cima dos ombros. — Agora que conheço a Wicca, pareço ver traços dela para onde quer que eu olhe. Minha mãe falou de ir a Red Kill comprar uma abóbora para o Halloween, e me toquei de onde vem essa tradição.

— Oi — disse Ethan, sonolento, caindo em uma cadeira ao lado de Sharon. — E aí? — Seus olhos estavam vermelhos, e seus cachos longos, grudados acima da gola da camisa.

Sharon olhou para ele, enojada, e se afastou, como se Ethan pudesse sujar sua imaculada saia xadrez e sua blusa Oxford branca.

— Você alguma vez *não* está chapado? — perguntou ela.

— Não estou chapado *agora* — respondeu Ethan. — Estou gripado.

Olhei para ele e pude perceber que tinha dificuldade para raciocinar e estava com o nariz entupido.

— Ele não fuma mais — disse Cal, baixinho. — Não é, Ethan?

Parecendo irritado, Ethan abriu uma lata de suco de cranberry que pegara na máquina da escola e respondeu:

— É isso aí, cara. Eu fico doidão com a vida.

Cal riu.

— Daqui a pouco você vai me dizer que tenho que virar vegetariano ou alguma merda assim — resmungou Ethan.

— Tudo menos isso — interveio Robbie, sarcasticamente.

Com um ar afetado, Sharon afastou-se mais ainda de Ethan. Braceletes dourados tiniam em seu pulso, e, com seus hashis, ela pegou um pedaço de frango teriyaki.

— Cuidado com os piolhos dela — sussurrou Beth para Ethan. Hoje ela estava usando um diamante no nariz e um *bindi*, também em forma de diamante, na testa. Parecia exótica, com seus olhos verdes brilhando maliciosamente em contraste com a pele escura.

Sharon fez uma careta para ela quando Ethan começou a rir e engasgou com o suco.

Bree e eu nos entreolhamos, depois ela desviou os olhos para Cal. De prontidão, voltei a me concentrar em meu iogurte. Ficamos lá, lotando a mesa feita para acomodar oito pessoas: Bree e eu; Raven e Beth, com seus piercings no nariz, cabelos tingidos e tatuagens de henna; Jenna e Matt, o casal perfeito; Ethan e Robbie, sujos e rudes; Sharon Goodfine, a princesinha arrogante; e Cal, unindo a todos nós, dando-nos algo em comum. Ele olhou para nós, parecendo feliz por estar ali, contente por estar conosco. Éramos os nove privilegiados. Seu novo coven, se quiséssemos.

Eu queria.

— Morgana! Espere! — chamou Jenna enquanto eu me dirigia para o carro.

Era uma tarde de sexta-feira, e mais uma semana havia se passado. Enquanto esperava que ela se aproximasse, troquei a mochila de ombro.

— Você vai ao círculo amanhã à noite? — perguntou quando já estava perto o suficiente. — Vai ser na minha casa. Pensei que poderíamos fazer sushi.

Senti-me como um alcoólatra a quem ofereciam um drinque forte e gelado. A ideia de participar de outro círculo, sentir a mágicka correndo pelas minhas veias e ter aquela intimidade mágicka com Cal praticamente me fez querer chorar.

— Eu quero muito — respondi, hesitante.

— Por que não vai? — insistiu Jenna, com um olhar confuso. — Você parece se interessar tanto pela Wicca! E Cal disse que você tem um dom para a coisa.

Suspirei e expliquei:

— Meus pais são totalmente contra. Estou louca para ir, mas não vou conseguir aguentar a cena em casa.

— Diga a eles que vou dar uma festa — sugeriu Jenna.
— Ou que você vai dormir na minha casa. Sentimos sua falta na semana passada. É mais legal com você.

Dei um sorriso amargo.

— Porque ninguém caiu apertando o peito?

— Não — retrucou ela, rindo. — Mas Cal disse que você era muito sensitiva, não é?

Matt se aproximou e abraçou a namorada pela cintura, e Jenna sorriu. Perguntei-me se eles brigavam ou se às vezes questionavam o que sentiam um pelo outro.

— Essa sou eu — falei. — Morgana, a sensitiva.

— Bem, apareça, se puder — disse Jenna.

— OK. Vou tentar. Obrigada.

Entrei no carro pensando em como Jenna era legal e como eu nunca havia notado isso antes porque pertencíamos a grupos diferentes.

— Vamos só nos encontrar. Quer ir? — perguntou Mary K. no sábado à noite. — Jaycee alugou um filme cafona, e vamos rir dele e comer pipoca.

Sorri para ela.

— Parece quase irresistível. Mas vou tentar me controlar. Talvez eu vá ver um filme com Bree. Bakker vai estar na casa de Jaycee?

Mary K. negou com a cabeça.

— Não. Ele e o pai foram a um jogo dos Giants em Nova Jersey.

— As coisas vão bem entre vocês?

— Aham.

Mary K. escovou os cabelos até que estivessem macios e brilhosos, depois os prendeu num rabo de cavalo. Parecia adorável e casual, o visual perfeito para um encontro na casa de uma amiga.

Logo depois que minha irmã saiu na noite fria para pedalar os quase dois quilômetros até a casa de Jaycee, meus pais apareceram na sala de estar, todos arrumados.

— Aonde vai ser o show? — perguntei, apoiando os pés, de meias, em cima do sofá.

— *Onde* será o show — disse mamãe, corrigindo minha gramática.

— Isso também — retruquei, sorrindo para ela.

Mamãe fez uma careta de desaprovação e respondeu:

— Em Burdocksville. — Ela fechou o colar de pérolas em torno do pescoço. — No centro comunitário. Devemos estar em casa por volta das onze horas, e vamos buscar Mary K. na volta. Deixe um bilhete se você e Bree decidirem sair.

— Está bem.

— Ande logo, Mary Grace, ou vamos nos atrasar — apressou meu pai.

— Tchau, querida — disse minha mãe.

Então eles saíram, e eu fiquei sozinha em casa. Subi correndo e troquei de roupa, vestindo uma blusa de estampa indiana e uma calça cinza. Escovei o cabelo com força e decidi deixá-lo solto. Cheguei até a abrir a gaveta do banheiro e a olhar para a grande coleção de sombras, blushes e corretivos de Mary K. Eu não tinha a menor ideia do que fazer com a maioria daquelas coisas, e não tinha tempo para aprender, então passei apenas uma camada de gloss e me dirigi para a porta.

Jenna morava em Hudson Estates, um bairro relativamente novo, cheio de mansões. Peguei minhas chaves e um casaco, e enfiei os pés nos tamancos. Eu pensava "círculo, círculo, círculo" e minha cabeça girava de tanta empolgação. Quando abri a porta para sair, o telefone tocou.

Atender ou não? Peguei o aparelho no quarto toque, achando que podia ser Jenna com uma mudança de planos, mas, de repente, antes mesmo de levar o fone ao ouvido, soube que era a Sra. Fiorello.

— Alô — falei, impaciente.

— Morgana? Aqui é Betty Fiorello.

— Oi — respondi, pensando "eu sei, eu sei".

— Oi, querida. Escute, acabei de falar com sua mãe no celular e ela disse que você estaria em casa.

— Aham. — Meu coração estava acelerado, e meu pulso latejava. Tudo o que eu queria era ver Cal e sentir novamente a mágicka fluindo através de mim.

— Olhe, preciso dar uma passada aí para pegar algumas placas. Sua mãe disse que estavam na garagem. Tenho dois novos imóveis na minha lista e vou mostrar três amanhã, acredita? Fiquei sem placas.

A Sra. Fiorello tem a voz mais chata do mundo. Senti vontade de gritar.

— Tudo bem... — falei, educada.

— Então, tem problema se eu passar por aí em, digamos, 45 minutos? — perguntou a Sra. Fiorello.

Olhei desesperadamente para o relógio.

— A senhora poderia vir um pouco mais cedo? — pedi.

— Eu estava pensando em ir ao cinema.

— Ah, me desculpe, vou tentar. Mas preciso esperar meu marido chegar em casa com o carro.

Droga, pensei.

— Posso deixar as placas do lado de fora — sugeri. — Na frente da garagem.

— Ai, querida — rebateu a Sra. Fiorello, insistindo em arruinar minha vida. — Acho que eu mesma tenho que dar uma olhada nelas. Não sei dizer de quais vou precisar sem vê-las.

Minha mãe tinha umas cem placas imobiliárias na garagem. Eu não poderia empilhar *todas* elas do lado de fora. Vários pensamentos invadiam minha mente, mas eu não via uma saída. Droga.

— Bem, acho que não preciso mesmo ir ao cinema — sugeri de forma nada graciosa, esperando que ela entendesse a dica.

Ela não entendeu.

— Lamento, querida. Era um encontro?

— Não — falei, em um tom azedo. Precisava desligar antes que começasse a gritar com ela. — Vejo a senhora em 45 minutos — disse, e desliguei o telefone.

Tive vontade de chorar. Por um minuto de amargura, perguntei-me se mamãe haveria pedido para a Sra. Fiorello ficar de olho em mim. Não, era pouco provável.

Enquanto eu esperava a Sra. Fiorello, limpei a cozinha e comecei a lavar a louça. Eu era Cinderela, ficando atrasada demais para o baile. Coloquei algumas roupas minhas na máquina de lavar, então liguei o som bem alto e cantei por um tempo, a plenos pulmões. Passei as roupas molhadas para a secadora e ajustei o *timer* para 45 minutos.

Finalmente, mais de uma *hora* depois, a Sra. Fiorello apareceu. Levei-a até a garagem, e ela vasculhou as placas da minha mãe pelo que pareceu uma eternidade. Sentei-me, mal-humorada, nos degraus da entrada, com a cabeça apoiada nas mãos. Ela escolheu cerca de oito placas, depois me agradeceu alegremente.

— De nada — menti educadamente, levando-a até a porta. — Tchau, Sra. Fiorello.

— Tchau, querida.

Quando ela saiu, já eram quase dez da noite. Não fazia sentido algum dirigir por 20 minutos até a casa de Jenna sabendo que o círculo já devia ter começado. Eu não podia simplesmente chegar no finalzinho.

Quando desabei no sofá da sala, meu sofrimento foi agravado pelo medo de estar ficando muito para trás do resto do grupo a ponto de não conseguir me juntar a eles de novo. E se Cal desistisse de mim? E se eles não me permitissem participar de outro círculo?

Eu me sentia quase desesperada. Ponderei sobre uma ideia que vinha rondando minha mente havia um tempo. Se eu não podia explorar a Wicca com o grupo, poderia pelo menos trabalhar um pouco por conta própria. Assim, poderia provar a Cal e ao outros que estava mesmo dedicada. Eu ia tentar fazer um feitiço. Já até sabia qual. No dia seguinte, iria até a Mágicka Prática comprar os ingredientes.

18

Consequências

"Não se esqueça de que os bruxos vivem entre nós, como nossos vizinhos, e praticam sua arte em segredo, mesmo que levemos vidas honestas e sejamos tementes a Deus."

— FEITICEIRAS, MAGOS E BRUXAS,
Altus Polydarmos, 1618

No domingo, fui com minha família à igreja, depois passamos no Widow's Diner para um brunch. Assim que cheguei em casa, liguei para Jenna. Ela não estava, então deixei um recado na secretária eletrônica explicando o que havia acontecido na noite anterior e pedindo desculpas por não ter conseguido ir ao círculo. Em seguida, liguei para Bree, mas ela também havia saído. Deixei uma mensagem para ela também, tentando não imaginá-la na casa de Cal, no quarto dele. Depois disso, sentei-me à mesa da cozinha durante horas para fazer meu dever de casa, perdendo-me em equações matemáticas complicadas, organizadas e tão satisfatórias com suas soluções claras que pareciam quase mágickas.

*

Fui à Mágicka Prática quase na hora de fechar, às cinco da tarde. Comprei todos os ingredientes de que precisava, mas esperei até mais tarde naquela noite, até que meus pais e minha irmã já estivessem dormindo, para começar meu feitiço.

Deixei a porta do quarto entreaberta para que pudesse ouvir se minha mãe, meu pai ou Mary K. se levantassem de repente. Peguei meu livro sobre mágicka das ervas. Cal tinha dito que eu era sensitiva; que eu tinha dom para a mágicka. Eu precisava saber se aquilo era verdade.

Abri o livro *Rituais herbóreos para iniciantes* e folheei até "Clarificando a pele".

Conferi minha lista. A lua estava minguante? Sim. Lendo o livro, eu aprendera que feitiços para encontros, convocações, desenvolvimento, prosperidade e daí por diante eram feitos na lua crescente ou quase cheia. Feitiços para banir, diminuir, limitar etc. eram feitos na lua minguante. Se você pensar bem, até que faz sentido.

O feitiço que eu escolhera usava gatária para aumentar a beleza, pepino e angélica para promover a cura, além de camomila e alecrim para purificação.

Meu quarto é acarpetado, mas ainda assim descobri que dava para desenhar um círculo de giz. Antes de fechar o círculo, coloquei dentro dele meu livro e tudo mais de que fosse precisar. Três velas forneciam luz suficiente para que eu lesse. Depois, cobri o desenho com sal enquanto dizia:

— Com este sal, purifico meu círculo.

O resto do feitiço consistia em esmagar as coisas no almofariz com o pilão, derramar água fervente (de uma garrafa térmica) sobre as ervas num copo medidor e escrever o nome de uma pessoa num pedaço de papel, para então queimá-lo numa vela. Exatamente à meia-noite, li as palavras do feitiço num sussurro:

"Então se mostra a beleza interior antes à espreita
Esta poção faz suas imperfeições perfeitas.
Esta água curativa purifica você
E sua beleza todos poderão ver."

Li depressa, enquanto o relógio do andar de baixo marcava as badaladas da meia-noite. Exatamente na última, pronunciei a palavra final. No instante seguinte, os pelos dos meus braços se eriçaram, as três velas se apagaram e a luz branca de um fortíssimo relâmpago invadiu meu quarto. Logo depois houve o estrondo de um trovão, tão alto que reverberou em meu peito.

Quase fiz xixi na calça. Olhei pela janela com os olhos arregalados a fim de ver se a casa havia pegado fogo, depois me levantei e acendi a luminária. Ainda tínhamos eletricidade.

Meu coração pulsava contra a caixa torácica. Por um lado, parecia tão absurdo e melodramático que aquilo acontecesse exatamente enquanto eu fazia um feitiço que era quase engraçado. Por outro, eu sentia que Deus vira o que eu estava fazendo e mandou um relâmpago irritado para me alertar. Você sabe que isso é loucura, disse a mim mesma, respirando longa e profundamente para acalmar o coração.

Limpei rapidamente todos os vestígios do feitiço. Despejei minha mistura num recipiente plástico pequeno e limpo, e o enfiei na mochila. Em poucos minutos, eu estava na cama, com as luzes apagadas.

Do lado de fora, chovia e trovejava. Era a maior tempestade de outono até então. E meu coração ainda estava acelerado.

— Aqui, experimente isto — falei casualmente para Robbie na segunda-feira de manhã, empurrando o recipiente plástico para suas mãos.

— O que é? — perguntou ele. — Molho para salada? O que devo fazer com isto?

— É uma loção facial que peguei da minha mãe — expliquei. — Funciona de verdade.

Ele olhou para mim, e eu o encarei de volta por alguns segundos antes de desviar o olhar, imaginando se parecia tão culpada quanto me sentia por não lhe dizer a verdade. De certo modo, eu estava fazendo uma experiência com ele.

— Bom, tudo bem — concordou Robbie, pondo o frasco em sua mochila.

— Como foi o círculo sábado? — sussurrei para Bree na sala. — Sinto muito por não ter ido. Tentei ligar para saber como tinha sido.

— Ah, eu recebi sua mensagem — disse ela, num tom de quem pede desculpas. — Meu pai e eu fomos para a cidade ontem e acabamos voltando tarde. Desculpe. Aliás, cortei o cabelo.

Parecia exatamente igual, talvez meio centímetro mais curto.

— Ficou ótimo. E como vão as coisas com Cal?

Suas sobrancelhas clássicas se arquearam um pouco.

— Cal é... evasivo -- disse ela, por fim. — Está bancando o difícil. Tentei ficar a sós com ele, mas é impossível.

Assenti, torcendo para que minha expressão de compaixão estivesse levando a melhor sobre a sensação de alívio.

— É... Isso está começando a me deixar chateada de verdade — disse ela, de mau humor.

Pensei em contar a ela que eu fizera um feitiço para Robbie e que estava esperando para ver o que aconteceria. No entanto, eu não consegui formular as palavras, e isso, junto com meus sentimentos por Cal, se tornou outro segredo que escondi de minha melhor amiga.

Na quarta-feira de manhã, Bree e alguns outros participantes do círculo estavam sentados nos bancos de sempre. Quando me aproximei deles, Raven me lançou um olhar de desdém, mas Cal me pareceu absolutamente sincero ao me convidar a me sentar.

— Sinto muito mesmo por sábado — falei, mais para Cal, acho. — Eu estava pronta para ir à casa de Jenna quando uma colega de trabalho da minha mãe ligou e insistiu em passar lá em casa para pegar umas coisas. Demorou uma eternidade, e fiquei tão frustrada...

— Já ouvi sua desculpa, e a achei bem esfarrapada... — interrompeu-me Raven.

Esperei que Bree interviesse e me defendesse com nossa tradicional solidariedade de melhores amigas, mas ela ficou em silêncio.

— Não se preocupe com isso, Morgana — disse Cal com tranquilidade, afastando o constrangimento que pairava no ar.

Naquele momento, Robbie apareceu, e todos nós apenas ficamos olhando para ele. Sua pele parecia melhor do que jamais estivera desde a sétima série.

Os olhos escuros de Bree se fixaram nele, avaliando seu rosto e processando o que via.

— Robbie — disse ela. — Meu Deus, você está incrível!

Ele deu de ombros casualmente e colocou a mochila no chão. Olhei para ele de perto. Seu rosto ainda estava marcado, mas, numa escala de 1 a 10, sendo 1 o pior nível, sua pele, que antes era 2, agora estava mais para 7.

Vi Cal olhar para Robbie pensativamente e depois virar-se para mim, como se percebesse meu envolvimento naquilo. Parecia que ele sabia de tudo. Mas isso não era possível, então fiquei calada.

Guarde o segredo, ordenei a Robbie silenciosamente. Não conte a ninguém que eu lhe dei aquele frasco. Por dentro, eu estava exultante e tomada por uma sensação de espanto. Será que minha poção realmente havia funcionado? O que mais poderia ter sido? Robbie ia a um dermatologista havia anos, sem nenhuma melhora significativa. Agora ele aparece depois de dois dias usando minha mistura e está ótimo. Isso significava que eu era mesmo uma bruxa? Não, não podia ser, lembrei a mim mesma. Meus pais não eram bruxos de sangue. Eu estava a salvo disso. Mas talvez eu tivesse mesmo um certo dom para a mágicka.

Jenna e Matt se aproximaram de nós.

— Oi, gente — cumprimentou Jenna. O vento frio de outubro soprou seu cabelo pálido em volta do rosto, e ela apertou os livros contra o peito. — Ei, Robbie. — Ela o encarava como se tentasse descobrir o que havia de diferente.

— Algum de vocês tem um exemplar de *O som e a fúria*? — perguntou Matt, enfiando as mãos nos bolsos de sua jaqueta de couro preta. — Não consigo encontrar o meu, e preciso lê-lo para a aula de inglês.

— Pode pegar o meu — ofereceu Raven.

— Obrigado — disse Matt.

Ninguém voltou a mencionar a aparência de Robbie, mas ele continuou me fitando. Quando finalmente o encarei de volta, ele desviou o olhar.

Na sexta-feira, quando a pele de Robbie já parecia lisa, nova e completamente livre de marcas; quando praticamente todos os alunos da escola haviam percebido que seu rosto não parecia mais uma fatia de pizza; quando as garotas da turma de repente começaram a notar que ele não era nem um pouco feio; meu amigo decidiu contar para todo mundo o que havia acontecido.

Nesse mesmo dia, à tarde, eu estava no quintal, varrendo as folhas... Ou melhor, varrendo de vez em quando, mas basicamente observando as folhas de bordo, uma mais impressionante que a outra: pegando-as do chão, examinando-as e admirando as manchas coloridas sobre sua superfície cheia de veios. Algumas ainda estavam esverdeadas, e imaginei que elas se sentiam surpresas por se verem no chão tão cedo. Outras estavam quase completamente secas e marrons, ainda que mantivessem uma borda ou alguns pontos desafiadoramente vermelhos, como se tivessem tentado se agarrar à casca da árvore durante a queda. Havia também as que pareciam em chamas, com os tons outonais de amarelo, laranja e escarlate. Outras ainda eram muito pequenas, muito jovens para morrer, mas nascidas tarde demais para viver.

Pressionei a palma numa folha seca exatamente do tamanho de minha mão. Suas cores aqueceram minha pele e, de olhos fechados, pude ter sensações de dias quentes de verão, da alegria de ser soprada pelo vento, da resistência obstinada e, depois, da assustadora e revigorante chegada do outono. De flutuar, arruinada, para o chão. Do cheiro da terra, a sensação de se misturar a ela.

De repente pisquei, sentindo a energia de Cal.

— O que a folha está lhe dizendo? — Sua voz flutuou até mim, vinda dos degraus de trás da casa. Fiquei assustada como um coelho, e quase caí para trás. Levantei os olhos e vi Mary K. na porta dos fundos, levando Cal, Bree e Robbie ao quintal para que me encontrassem.

Olhei para eles sob a penumbra do crepúsculo e busquei minha folha ao redor, mas ela já havia sumido. Levantei-me, batendo as mãos e a parte de trás da calça, para limpá-las.

— O que houve? — perguntei, olhando de um para outro.

— Precisamos conversar com você — disse Bree. Ela parecia distante, até mesmo magoada, os lábios grossos apertados em uma linha.

— Contei para eles — disparou Robbie. — Contei que você me deu uma poção caseira num frasco e que isso melhorou minha pele. E eu... Eu quero saber o que tinha nela.

Meus olhos se arregalaram de medo. Eu sentia que estava sendo julgada. Não restava opção a não ser contar a verdade.

— Gatária — falei, relutante. — Camomila, angélica, alecrim e... hum... pepino. Água fervente. Algumas outras coisinhas.

— Olho de boi e pele de sapo? — provocou Cal.

— Era um feitiço? — perguntou Bree, com a testa franzida.

Assenti, baixando os olhos para meus pés e chutando as folhas com os tamancos.

— Sim. Só um feitiço para iniciantes. De um livro. — Olhei para Robbie. — Eu me certifiquei de que não teria efeitos colaterais. Jamais lhe daria aquilo se achasse que poderia fazer mal. Na verdade, eu tinha quase certeza de que não teria efeito nenhum.

Ele retribuiu meu olhar. Percebi que, por trás dos óculos pesados e daquele corte de cabelo horrível, ele tinha potencial para ser bonito. Seus traços haviam sido obscurecidos pela terrível acne. Sua pele, agora quase perfeitamente lisa, estava apenas levemente marcada em alguns lugares por finas linhas brancas, como se ainda estivesse sarando. Fiquei olhando para ele, fascinada com o que eu aparentemente fizera.

— Fale sobre isso — sugeriu Cal.

A porta de tela se abriu novamente, e minha mãe colocou a cabeça pela brecha.

— Querida, o jantar estará pronto em 15 minutos — anunciou.

— OK — respondi.

Ela entrou de novo, sem dúvida curiosa para saber quem era aquele garoto desconhecido.

— Morgana — começou Bree.

— Não sei como explicar — falei, devagar, olhando para as folhas aos meus pés. — Falei a vocês sobre o herbário da abadia no norte do estado. Eu senti que a horta... falava comigo. — Minhas bochechas ficaram vermelhas diante daquelas palavras absurdas. — Senti... que queria estudar mais as ervas, saber mais sobre elas.

— Saber o quê, exatamente? — insistiu Bree.

— Andei lendo sem parar sobre as propriedades medicinais e mágickas das ervas. Cal disse que eu era... um condutor de energia. Só queria ver o que aconteceria.

— E fui sua cobaia — disse Robbie, categórico.

Ergui os olhos para aquele Robbie que eu mal reconhecia.

— Eu estava me sentindo muito mal por ter perdido dois círculos seguidos. Quis trabalhar um pouco sozinha. Decidi tentar um feitiço simples — falei. — Quero dizer, eu não estava tentando mudar o mundo. Não queria fazer nada grandioso ou assustador. Precisava de algo pequeno, positivo; algo cujos resultados eu pudesse avaliar rapidamente.

— Como um projeto de ciências — provocou Robbie.

— Eu sabia que não ia machucar você — insisti. — Eram apenas ervas comuns e água.

— E um feitiço — acrescentou Cal.

Assenti.

— Quando você fez isso? — perguntou Bree.

— Domingo à noite. À meia-noite de segunda, na verdade — falei. — Acho que fiquei muito deprimida por ter ficado presa em casa no sábado, na hora do círculo.

— Aconteceu alguma coisa quando você fez o feitiço? — perguntou Cal, olhando para mim com interesse. Eu podia sentir a raiva de Bree.

Dei de ombros.

— Houve uma tempestade. — Não quis falar sobre as velas se apagando ou sobre o trovão alto e assustador.

— Quer dizer que agora você controla o clima? — indagou Bree, com mágoa aparente na voz.

— Não falei isso — defendi-me.

— Claro que é apenas uma coincidência estranha — negou Bree. — Pelo amor de Deus, não tem como você ter dado um jeito na pele de Robbie. Cal, diga a ela. Nenhum de nós poderia fazer algo desse tipo. Nem mesmo *você* poderia fazer algo assim.

— Eu poderia, sim — contradisse Cal. — Muitas pessoas poderiam, com treino suficiente. Mesmo que não fossem bruxas de sangue.

— Mas Morgana não teve treino *nenhum* — retrucou Bree, com a voz tensa. — Teve? — questionou, virando-se para mim.

— Não, claro que não — respondi, baixinho.

— O que temos aqui é um dom amador incomum — afirmou Cal, pensativo. — Na verdade, estou feliz que isso tenha acontecido, para que possamos abordar o assunto. — Ele colocou uma das mãos no meu ombro. — Não se pode fazer um feitiço para alguém sem que essa pessoa saiba. Não é uma boa ideia. Não é seguro. Não é justo.

Cal tinha um ar solene que não era característico. Assenti, envergonhada.

— Sinto muito mesmo, Robbie — falei. — Não sei como desfazer isso. Foi uma coisa idiota.

— Meu Deus, não quero que você desfaça nada — retrucou Robbie, alarmado. — É só que... gostaria que tivesse me dito antes. Fiquei meio assustado.

— Morgana, acho que você deveria estudar mais antes de começar a fazer feitiços — prosseguiu Cal. — Seria melhor se você visse o cenário como um todo em vez de apenas algumas partes dele. Sabe, tudo está conectado, e tudo o que você faz afeta todo o resto, por isso você precisa saber o que está fazendo.

Assenti novamente, sentindo-me horrível. Ficara tão impressionada com o fato de meu feitiço ter funcionado que nem pensei nas consequências.

— Não sou um sumo-sacerdote, mas posso lhe ensinar o que sei, e depois você pode estudar com outra pessoa. Se quiser — sugeriu Cal.

— Sim, quero — falei, depressa.

Olhei para Bree e tive vontade de retirar a rapidez e a certeza de minhas palavras.

— Samhain, o Halloween, é daqui a oito dias — disse Cal, retraindo a mão que repousava sobre meu ombro. — Tente começar a comparecer aos círculos, se puder. Pelo menos pense nisso.

— Muito intenso, Morgana. — Robbie balançou a cabeça. — Você é tipo o Tiger Wood da Wicca.

Não pude conter um sorriso. O rosto de Bree estava rígido.

Minha mãe bateu na janela para me avisar que o jantar estava pronto. Assenti e acenei para ela.

— Desculpe, Robbie — falei, mais uma vez. — Nunca mais vou fazer nada assim.

— Só me pergunte primeiro — respondeu ele, sem raiva alguma.

Atravessamos o quintal, e eu conduzi meus amigos pela casa até a porta da frente.

— Até mais — falei quando os olhos de Cal encontraram os meus de novo.

O Halloween era dali a oito dias.

19

Um sonho

"Bruxas podem voar em suas vassouras encantadas, fabricadas não apenas para varrer."

— *Bruxas e demônios*, Jean-Luc Bellefleur, 1817

Os sinais estão aí. Ela deve ser uma bruxa de sangue. Sua pele está se rompendo, emanando uma luz branca. É algo poderoso, ao mesmo tempo lindo e assustador. Juro neste Livro das Sombras que a encontrei. Eu estava certo. Abençoado seja.

Naquela noite, tia Eileen apareceu inesperadamente para o jantar. Depois de comermos, ela ficou comigo na cozinha e me ajudou com a louça.

Do nada, enquanto eu jogava as sobras dos pratos na lixeira, me ouvi disparando:

— Como você soube que era gay?

Ela pareceu tão surpresa quanto eu me senti.

— Desculpa — apressei-me a dizer. — Esqueça que fiz essa pergunta. Não é da minha conta.

— Não, tudo bem — retrucou ela, pensativa. — É uma pergunta justa. — Minha tia pensou por alguns instantes. — Acho que, enquanto estava crescendo, sempre me senti meio *diferente*, de certo modo. Não me sentia como um garoto, nem nada disso. Sabia que era uma garota, e não tinha problemas com isso. Mas eu não via o menor sentido na existência dos garotos.

Ela franziu o nariz, e eu ri.

— Mas acho que não entendi de verdade que era gay até a oitava série — prosseguiu ela —, quando me apaixonei por alguém.

— Uma garota? — perguntei, erguendo os olhos.

— Sim. É claro que ela não sentia o mesmo por mim e eu nunca falei nem fiz nada. Era tão constrangedor. Eu me sentia uma aberração. Como se houvesse algo terrivelmente errado comigo, como se eu precisasse de orientação e ajuda. Até mesmo de medicação.

— Que horrível — falei.

— Só na faculdade consegui aceitar os fatos e assumir para mim mesma e para todos que eu era gay. Eu me consultava com um terapeuta, e ele me ajudou a ver que realmente não havia nada de errado comigo. Eu simplesmente era assim.

Tia Eileen fez uma careta amarga antes de prosseguir.

— Não foi fácil. Meus pais, sua avó e o marido dela ficaram tão zangados e horrorizados... Simplesmente não conseguiam lidar com isso. Eles ficaram muito decepcionados comigo. Sabe, é difícil quando o seu jeito, o jeito como você nasceu, deixa seus próprios pais completamente confusos e envergonhados.

Não falei nada, mas senti certa familiaridade com o que minha tia estava dizendo.

— Enfim, eles tornaram as coisas bem difíceis para mim. Não que fossem malvados ou que não me amassem; eles simplesmente não sabiam como reagir. Eles são bem melhores agora, mas definitivamente ainda não sou o que eles queriam que eu fosse. Eles nunca falam sobre minha sexualidade nem querem saber das pessoas com as quais me envolvo. Negação. — Ela deu de ombros. — Não posso fazer nada quanto a isso. Descobri que, quanto mais aceitar isso e aceitar quem eu sou, menos atritos terei no restante da minha vida e menos infeliz e estressada ficarei.

Olhei para ela com admiração.

— Você percorreu um caminho e tanto, chuchu — falei, ao que ela riu, passou um dos braços em volta do meu ombro e me apertou.

— Agradeço a Deus por ter seus pais, você e Mary K. — disse ela, emocionada. — Não sei o que faria sem vocês.

Passei o resto da noite sentada no chão do meu quarto, pensando. Sabia que não era gay, mas podia entender como minha tia se sentia. Estava começando a me sentir diferente da minha família e até mesmo dos meus amigos, sendo fortemente atraída por algo que eles não aceitavam.

Parte de mim sentia que, se eu me permitisse me tornar uma bruxa, ficaria mais relaxada, natural, poderosa e confiante do que jamais me sentira na vida. Outra parte sabia que, se eu o fizesse, causaria sofrimento às pessoas que mais amo.

Naquela noite, tive um sonho horrível.

Era noite. O céu estava cortado por largos fachos de luar, iluminando as nuvens em tons de berinjela, cinza-escuro e índigo. O ar estava gelado, e eu sentia a brisa fria no meu rosto e nos meus braços nus enquanto sobrevoava Widow's Vale. Era lindo lá em cima, calmo e pacífico, com o vento soprando em minhas orelhas, meus cabelos compridos ondulando atrás de mim, o vestido batendo de leve em minhas pernas e moldando minha silhueta.

Aos poucos, fui tomando consciência de uma voz que me chamava, assustada. Circulei a cidade, diminuindo a altitude como um falcão, girando, mergulhando, flutuando em fortes correntes de ar que sustentavam meu corpo. Na mata que fica ao norte, nos limites da cidade, a voz ficou mais alta. Fui descendo mais ainda, até que o topo das árvores praticamente tocasse minha pele. Baixei no centro de uma clareira, aterrissando graciosamente sobre um dos pés.

A voz era de Bree. Segui-a floresta adentro até uma área pantanosa, um lugar onde uma fonte subterrânea se elevava melancolicamente até a superfície, sem fluir com força o bastante para se abrir em um riacho, mas também não se deixando secar. Fornecia apenas umidade suficiente para alimentar mosquitos, criar fungos e um limo verde-claro que brilhava, esmeralda, sob a luz da lua.

Bree estava fincada na lama, com o tornozelo preso numa raiz retorcida. Ela afundava aos poucos, sendo sugada centímetro a centímetro. Até o sol nascer, ela já teria se afogado.

Estendi a mão. Meu braço parecia suave, porém forte, com músculos definidos e cobertos por uma pele prateada, iluminada pelo luar. Agarrei a mão que Bree esticava na minha direção, escorregadia por causa da lama malcheirosa, e ouvi a sucção da lama em volta de seu tornozelo.

Bree arquejou de dor quando a raiz apertou-a ainda mais.

— Não consigo! — gritou ela. — Dói muito!

Minha mão livre fez gestos ondulantes e minhas sobrancelhas ficaram arqueadas de concentração. Senti no peito a dor que indicava os trabalhos de mágicka. Minha respiração começou a ficar forte, e meu suor era gelado no ar noturno. Bree chorava e me pedia que a soltasse.

Movi a mão na direção da lama, desejando que as raízes soltassem Bree, que se desenrolassem, se esticassem, se abrissem, relaxassem e a libertassem. Durante todo o tempo, eu segurava sua mão insistentemente, puxando-a para fora como se eu fosse uma parteira e Bree estivesse nascendo da lama.

Então ela gritou uma última vez, com o rosto vívido, e nós duas subimos para o céu juntas, graciosamente e sem esforço. Seu vestido e suas pernas estavam cobertos de lodo escuro e, por meio do contato de nossas mãos, eu podia sentir a dor de seu tornozelo. Mas ela estava livre. Voei com Bree para o limite da mata e a coloquei no chão. Em seguida voltei a ir para o céu, deixando-a lá, chorando de alívio e observando-me enquanto eu me afastava cada vez mais até me tornar apenas um pontinho e o dia começar a amanhecer.

Em seguida, me vi num cômodo escuro e rústico, como um celeiro. Era muito pequena. Bebê Morgana. Havia uma mulher sentada num fardo de palha, segurando-me nos braços. Não era minha mãe, mas me ninava e repetia: "Meu bebê". Eu a observava com os olhos redondos de bebê. Eu a amava e sentia que ela também me amava.

Acordei tremendo, exausta. Sentia como se estivesse lutando contra uma gripe, como se pudesse me deitar e dormir por cem anos.

— Está se sentindo melhor? — perguntou-me Mary K. naquela tarde.

Eu tinha me levantado e trocado de roupa por volta de meio-dia e, desde então, ficara zanzando pela casa, lavando roupa e botando o lixo reciclável para fora.

Pensei em Cal, em Bree e em todos os outros que estariam no círculo daquela noite, e estava louca para ir. Depois do que acontecera na véspera, Cal provavelmente esperava que eu fosse. Na verdade, eu precisava *mesmo* ir.

— Sim — respondi a Mary K. enquanto pegava o telefone para ligar para Bree. — Só não dormi muito bem e acordei cheia de dor de cabeça.

Mary K. preparou um pouco de achocolatado para si mesma e o esquentou no micro-ondas.

— É? Então está tudo bem?

— Claro. Por quê?

Ela se inclinou na bancada da cozinha e tomou um gole do chocolate quente.

— Sinto que tem algo acontecendo ultimamente — falou.

Enganchei o fone no meu ombro sem ter discado.

— Como o quê?

— Bem, de repente sinto que você tem feito coisas sobre as quais não sei nada. Não que eu tenha que saber tudo da sua vida — acrescentou ela depressa. — Você é mais velha e sempre fez outras coisas. É só que... — Ela parou e esfregou a testa. — Você não está usando drogas, está?

De repente percebi como as coisas pareciam do ponto de vista de uma garota de 14 anos. Tudo bem que ela era uma garota de 14 anos bem *madura*, mas mesmo assim. Eu era sua irmã mais velha; ela percebera minha tensão e estava preocupada.

— Mary K., pelo amor de Deus — falei, abraçando-a. — Não. Não estou usando drogas. Nem estou fazendo sexo, roubando lojas nem nada disso. Juro.

Ela se afastou.

— Sobre o que eram aqueles livros que deixaram mamãe tão chateada? — perguntou ela, sem rodeios.

— Já falei para você. Wicca. Coisa de defensores da natureza — falei.

— Então por que ela ficou tão chateada?

Respirei fundo, depois me virei para encará-la.

— Wicca é a religião das bruxas — expliquei.

Seus lindos olhos castanhos, tão parecidos com os da nossa mãe, se arregalaram.

— Sério?

— É só, tipo, sobre viver em harmonia com a natureza. Aproveitar as coisas que já existem à nossa volta. O poder da natureza. As forças da vida.

— Morgana, bruxaria não é, tipo, adoração a Satanás? — perguntou Mary K., horrorizada.

— Na verdade, não. Não mesmo — falei com urgência, olhando-a nos olhos. — Não há nenhum Satanás na Wicca. E é expressamente proibido praticar magia negra ou tentar causar algum mal a quem quer que seja. Tudo o que você emana no mundo volta para você triplicado. Por isso, todo mundo sempre tenta fazer o bem.

Mary K. ainda parecia preocupada, mas estava prestando bastante atenção.

— Olhe, na Wicca, basicamente tentamos ser bons e viver em harmonia com a natureza e com as outras pessoas — falei.

— E dançam nus — disse minha irmã, estreitando os olhos.

Revirei os olhos.

— Nem todo mundo faz isso e, para seu conhecimento, eu preferiria ser partida em duas por animais selvagens. A Wicca tem a ver com que você se sente confortável, com o quanto você quer participar. Não há sacrifício de animais, adoração a Satanás, nem dança nua, se você não quiser. Não usamos drogas nem espetamos alfinetes em bonecos de vodu.

— Então por que mamãe ficou tão furiosa? — contrapôs minha irmã.

Pensei por um instante.

— Acho que, em parte, é só porque ela não sabe muito sobre o assunto. E em parte porque já somos católicos, e ela não quer que eu mude de religião. Não sei por que outro motivo seria. A reação dela foi bem mais forte do que eu esperava. Eu realmente a enlouqueci.

— Coitada da mamãe — murmurou Mary K.

Franzi a testa.

— Olha, tenho tentado respeitar os sentimentos dela, só que quanto mais descubro sobre a Wicca, mais certeza tenho de que não é uma coisa ruim. Não há o que temer. Mamãe vai ter que acreditar em mim.

— Que droga — disse Mary K. — O que devo dizer se eles me perguntarem alguma coisa?

— Qualquer coisa que queira dizer está bem. Não vou pedir que minta.

— Merda! — Ela balançou a cabeça, depois acabou com o chocolate da caneca e a colocou na pia. — Hoje vamos jantar na casa da tia Margaret. Ela ligou de manhã, antes de você acordar.

— Ah, não. Acho que não posso — falei, pensando no círculo daquela noite. Não poderia perder mais um.

— Oi, querida. Como se sente? — perguntou minha mãe, entrando na cozinha com um cesto de roupas apoiado no quadril.

— Muito melhor. Escuta, mãe, não posso jantar na casa de tia Margaret hoje à noite — falei. — Prometi a Bree que iria à casa dela. — A mentira simplesmente saiu da minha boca com a maior facilidade.

— Ah. Você não pode ligar para Bree e cancelar? Margaret adora ver você.

— Também quero vê-la, mas já disse a Bree que estudaria matemática com ela. — Quando em dúvida, apele para o dever de casa.

— Ah, bem... — Ela parecia estar tendo problemas para decidir se deveria insistir. — Acho que não tem problema. Afinal, você já tem 16 anos. Imagino que não possa ir a todos os compromissos de família.

Me senti péssima.

— É que prometi a Bree — falei. — Ela tirou 5 na última prova e ficou louca.

Eu tinha plena consciência de que Mary K. observava essa negociação, e desejei que ela não estivesse ali.

— Tudo bem — cedeu minha mãe. — Fica para a próxima.

— OK — concordei.

Com o olhar de Mary K. me seguindo para fora da cozinha, subi as escadas e me joguei na cama, agarrando o travesseiro.

20
Rompimento

"Homens são guerreiros naturais, mas uma mulher, na batalha, é realmente sanguinária."

— Velho ditado escocês

A noite cercava Bree e eu no interior confortável de seu carro. A casa de Matt, onde aconteceria o círculo, ficava a cerca de 15 quilômetros da cidade. Assim que Bree me pegou em casa, senti que ela estava de cabeça cheia. Eu também estava. Depois do meu sonho na noite anterior, sentia-me realmente aliviada por encontrá-la sã e salva e, exceto pelo silêncio, normal.

Pensei nas milhares de horas que passamos juntas dentro de um carro, primeiro de carona com nossos pais ou com Ty, irmão mais velho de Bree, e então, no último ano, sozinhas, nós mesmas dirigindo. Tivemos algumas de nossas melhores conversas dentro de veículos, quando estávamos apenas nós duas. Essa noite parecia diferente.

— Por que você não me contou sobre o feitiço que jogou em Robbie? — perguntou ela.

— Joguei um feitiço na poção, não em Robbie — fiz questão de deixar claro. — E não contei a ninguém. Achei que seria em vão. Tinha certeza de que não iria funcionar, e não queria ficar envergonhada.

— Você acredita mesmo que funcionou? — indagou ela. Seus olhos escuros estavam atentos à estrada à nossa frente, e os faróis altos de Brisa cortavam a noite.

— Acho... Acho que sim. Quero dizer, principalmente porque não consigo pensar em nenhuma outra coisa que possa ter melhorado a pele dele. Na segunda-feira ele tinha uma pele horrível, e agora está ótimo. Não sei em que mais pensar.

— Você acha que é uma bruxa de sangue? — Bree estava começando a me fazer sentir em um interrogatório.

Ri para aliviar a tensão.

— Ah, faça-me o favor. É, isso mesmo. Sou uma bruxa de sangue. Você tem visto Sean e Mary Grace ultimamente? Eles acabaram de comprar um pentáculo novo para pôr sobre o console da lareira da sala de estar.

Bree ficou em silêncio. Senti duras ondas de tensão e raiva emanarem dela, mas não conseguia indicar a origem.

— Que foi? Bree, no que você está pensando?

— Não sei o que pensar — respondeu, e notei que os nós de seus dedos estavam brancos de apertar o volante revestido de couro. Para minha surpresa, ela parou o carro no largo acostamento da Wheeler Road, desligou o motor e se virou no banco a fim de me encarar.

— Estou tendo problemas para acreditar em como você é duas caras.

Eu a olhei fixamente, e ela continuou:

— Você diz que não gosta de Cal. Que tudo bem, posso ir em frente com ele. Mas estão sempre conversando, trocando olhares intensos, como se não houvesse mais ninguém em volta.

Abri a boca para responder, mas ela prosseguiu:

— Ele nunca olha para mim desse jeito — disse ela, baixinho, e a mágoa em seu rosto ficou óbvia. — Simplesmente não entendo você. Não vai aos círculos, mas faz feitiços pelas costas de todo mundo! Acha que é melhor que nós? Acha que é tão especial assim?

O choque me deixou sem saber o que dizer.

— Estou indo ao círculo *hoje* — falei. — E você sabe exatamente por que não fui nas últimas semanas; sabe como meus pais ficaram furiosos. O feitiço foi só uma experiência. Não tinha a menor ideia do que iria acontecer.

— Você fez uma experiência com Robbie? — perguntou Bree.

— Sim, eu fiz! E foi errado! — praticamente gritei. — Mas fiz com que ele ficasse um milhão de vezes mais bonito do que antes. Por que isso é um crime tão grave? Por que não é um favor?

Ficamos sentadas em silêncio enquanto a raiva de Bree emanava dela em raios.

— Olhe — falei, depois de um minuto —, mesmo que o resultado tenha sido bom para ele, sei que não deveria ter feito o feitiço. Cal disse que isso não era permitido, e entendi por quê. Foi um erro idiota. Eu estava confusa, assustada, e só... só queria... *saber*.

— Saber o quê? — rebateu ela.

— Se sou... especial. Se tenho um dom especial.

Ela olhou pela janela, em silêncio.

— Quero dizer, eu vejo as *auras* das pessoas. Meu Deus, Bree, *eu curei a pele de Robbie!* Você não acha que é algo importante?

Ela balançou a cabeça, trincando os dentes.

— Você está louca — murmurou.

Aquela não era a Bree que eu conhecia.

— O que foi, Bree? — perguntei, tentando não chorar de raiva. — Por que está tão chateada comigo?

Ela deu de ombros abruptamente.

— Sinto que você não está sendo honesta comigo — disse ela, olhando pela janela de novo. — É como se eu nem a conhecesse mais.

Eu não sabia o que dizer.

— Bree, já te disse antes. Acho que você e Cal formariam um bom casal. Não estou dando em cima dele. Nunca liguei para ele. Nunca me sentei perto dele.

— Você não precisa. Ele sempre faz isso por você — disse ela. — Mas por quê?

— Porque ele quer que eu me torne uma bruxa.

— E por que ele quer isso? — indagou Bree. — Ele não poderia se importar menos se Robbie ou eu nos tornássemos bruxos. Por que ele fica fazendo adivinhações com você, carregando você para a piscina e dizendo que você tem dom para a coisa? Por que você está fazendo feitiços? Você não é nem estudante de um coven oficialmente, que dirá uma bruxa.

— Não sei — respondi, frustrada. — É como se alguma coisa estivesse... despertando dentro de mim. Algo que eu não sabia que estava lá. E quero entender o que é isso... O que eu sou.

Bree ficou em silêncio por vários minutos. No escuro, ruídos baixinhos chegavam a mim: o tiquetaque fraco do meu relógio, a respiração de Bree, os estalos do metal do carro, que esfriava. Uma sombra negra rolava na minha direção, vindo para o carro e, instintivamente, abracei meu próprio corpo. Então fui atingida.

— Não quero que você vá hoje — declarou Bree.

Senti minha garganta se fechar.

Bree tirou um pedaço de linha de sua calça de seda azul e examinou suas unhas.

— Achei que queria que fizéssemos isso juntas, mas me enganei — disse ela. — O que realmente quero é que a Wicca seja uma coisa *minha*. Sou eu que vou a todos os círculos. Fui eu que descobri a Mágicka Prática. Quero que a Wicca seja algo entre mim e Cal. Com você por perto, ele fica distraído. Especialmente desde que você deu a entender que é capaz de fazer feitiços. Realmente não sei como você fez aquilo, mas Cal não fala de outra coisa.

— Não acredito nisso — sussurrei. — Meu Deus, Bree! Você está pondo Cal acima de *mim*? Acima da nossa amizade?

Lágrimas quentes me vieram aos olhos. Repeli-as furiosamente, me recusando a chorar na frente dela.

Bree parecia menos chateada do que eu.

— Você faria a mesma coisa se amasse Cal — informou.

— Mentira! — gritei quando ela ligou o carro de novo. — Isso é mentira! Eu não faria uma coisa dessas.

Bree fez um retorno no meio da Wheeler Road.

— Sabe, você vai acabar percebendo como está sendo idiota — falei, com amargura. — Quando se trata de garotos, o foco da sua atenção é do tamanho de um *inseto*. Cal é apenas mais um. Quando se cansar dele e dispensá-lo, vai sentir minha falta. E não estarei mais presente para você.

Essa ideia parece ter feito Bree refletir, mas ela assentiu com firmeza em seguida.

— Você vai superar isso — falou. — Depois que Cal e eu estivermos namorando e as coisas se acalmarem, vai ser completamente diferente.

Eu a encarei.

— Você está delirando — falei, irritada. — Aonde está indo?

— Vou levá-la para casa.

— Uma ova! — exclamei, abrindo a porta do carro.

Bree se assustou e pisou bruscamente no freio, o que me fez ser lançada para a frente e quase bater com a cabeça no painel. Desafivelei apressadamente o cinto de segurança e saltei para a estrada.

— Obrigada pela carona, Bree.

Bati a porta com toda a força. Ela arrancou com o carro, fazendo uma volta rápida vinte metros à frente e depois passando por mim novamente, a caminho da casa de Matt. Fiquei sozinha na lateral da estrada, tremendo de raiva e de tristeza.

Nos onze anos em que Bree e eu fomos melhores amigas, tivemos nossos altos e baixos. No primeiro ano do ensino fundamental, ela levara três biscoitos de chocolate para o lanche, e eu tinha dois biscoitos recheados de figo. Ela recusou minha proposta de trocar os lanches, então simplesmente estiquei o braço, peguei seus biscoitos e os enfiei na boca. Não sei qual das duas ficou mais horrorizada, eu ou ela. Não nos falamos por uma angustiante semana inteirinha, mas finalmente fizemos as pazes quando eu a presenteei com seis folhas de papel de carta feitas à mão, cada uma delas com um monograma de um B em lápis de cor.

No sexto ano, ela quis colar da minha prova de matemática, e eu não deixei. Não nos falamos por duas semanas. Ela colou de Robbie, e o assunto nunca mais foi mencionado.

Ano passado, tivemos nossa pior briga até então, uma discussão sobre fotografia: se era uma forma de arte válida ou se qualquer idiota com uma câmera podia capturar algumas imagens impressionantes de vez em quando. Não vou dizer quem defendia qual posição, mas posso contar que isso culminou numa terrível briga aos berros no meu quintal, que durou até que minha mãe saísse e gritasse para que parássemos.

Dessa vez, ficamos sem nos falar por duas semanas e meia, até que decidimos assinar um documento que dizia que, com relação a esse assunto, concordávamos em discordar. Ainda tenho minha cópia dessa promessa.

Estava frio. Puxei o zíper do casaco até o queixo e cobri a cabeça com o capuz. Comecei a andar na direção da casa de Matt, mas então percebi que era longe demais. As lágrimas começaram a escorrer pelo meu rosto, e não pude evitá-las. Por que Bree estava fazendo aquilo comigo? Frustrada, dei meia-volta e comecei a percorrer o longo caminho para casa.

A lua, de pontas afiadas, estava tão baixa que eu podia ver suas crateras. Ouvi os sons noturnos: insetos, animais, pássaros. Meus olhos e ouvidos ficaram ainda mais apurados, e eu os permiti. Eu percebia insetos em árvores a mais de cinco metros de distância, em meio à escuridão. Vi ninhos de pássaros nos galhos altos, com as cabeças dos filhotes que dormiam visíveis pela beirada. Tive consciência das batidas aceleradas dos corações dos pássaros bebês sincopadas com as minhas, muito mais lentas e pesadas.

Diminuí o volume dos meus sentidos e fechei bem os olhos, mas as lágrimas continuavam brotando.

Não via como Bree e eu poderíamos fazer as pazes depois disso, e era isso que me fazia chorar. Chorei porque sabia que aquilo significava que ela e Cal realmente ficariam juntos; ela daria um jeito de isso acontecer. E realmente chorei, a ponto de minha barriga doer, porque achei que aquilo significava que eu teria que fechar todas as portas recentemente abertas dentro de mim.

21

A linha tênue

"Toda vez que você sente amor por alguma coisa, seja uma pedra, uma árvore, um amante ou uma criança, é tocado pela mágicka da Deusa."

— SABINA FALCONWING, numa cafeteria de São Francisco, 1980

O telefone tocou bem cedo na manhã seguinte. Era Robbie.

— O que está acontecendo? — perguntou ele. — Ontem à noite, Bree disse que você não iria mais aos círculos.

O fato de Bree ter presumido que eu desistiria tão facilmente em prol dela me deixou furiosa. Engoli em seco e falei:

— Não é verdade. Isso é o que ela quer, não o que eu quero. Samhain é no próximo sábado, e estarei lá.

Robbie ficou em silêncio por alguns segundos.

— O que está havendo entre vocês? Eram melhores amigas...

— Você não quer mesmo saber — falei, sucinta.

— Tem razão. Provavelmente não quero. De qualquer forma, vamos nos encontrar na plantação de milho ao norte da cidade; onde foi o Mabon, só que do outro lado da estrada. Iremos nos reunir às onze e meia e, se decidirmos que queremos ser iniciados como estudantes de um novo coven, isso acontecerá à meia-noite.

— Uau, OK. Você... Você vai querer?

— Não devemos falar sobre isso nem decidir nada por enquanto — explicou Robbie. — Cal nos aconselhou a pensar no assunto de um modo completamente pessoal. Ah, e todo mundo tem que levar alguma coisa. Ofereci você para levar flores e maçãs.

— Obrigada, Robbie — falei, com sinceridade. — Temos que vestir algo especial?

— Preto ou laranja. Vejo você amanhã.

— OK. Obrigada.

Naquele dia, tudo foi como de costume na igreja. Padre Hotchkiss observou que é melhor ter uma linha de defesa sem brechas, para que o mal não tenha espaço para acessar nossa mente.

Inclinei-me para Mary K., debruçando-me sobre mamãe, e falei:

— Nota pessoal: sem brechas para o mal.

Ela escondeu o sorriso atrás do programa da missa.

Naquele dia, me senti hiperantenada ao serviço, apesar do padre Hotchkiss. Perguntei-me se seguir a Wicca significava que eu nunca mais, nunca mais mesmo, poderia voltar à igreja. Decidi que isso não tinha nada a ver. Sabia que sentiria falta da igreja se deixasse de vir, e também sabia que meus pais me matariam. Mais tarde na vida, se eu tivesse que escolher entre uma das duas religiões, então o faria. Pensei no que Paula Steen dissera, "como em todas as outras coisas, trata-se do que você tira disso".

Naquele dia, ouvi os hinos e o grande órgão europeu tocado pela Sra. Lavender, que tem feito isso desde que minha mãe era criança. Adorei as velas, o incenso e a procissão de padres de batinas douradas e coroinhas vestidos de branco. Eu fora coroinha por alguns anos, e Mary K. também. Aquilo era tão reconfortante, tão familiar.

Depois do brunch no Widow's Diner, fui para a mercearia com a lista de compras da semana e, no caminho, dei um pulo em Red Kill, na Mágicka Prática. Não pretendia comprar nada e não vi ninguém conhecido, mas parei na seção de livros e passei um tempo lendo sobre o Samhain. Decidi levar uma vela preta no sábado seguinte, uma vez que o preto é a cor que afasta a negatividade. Tive a tentação malvada de comprar uma infinidade de velas pretas para Bree.

Minha raiva por ela ainda estava acesa. Não conseguia acreditar em sua ideia arrogante de que poderia me expulsar do círculo. Isso apenas ressaltava o fato cruel de que, em nossa amizade, ela sempre fora a líder. Sempre fui a seguidora. Agora eu via isso, o que me deixava com raiva de mim mesma também.

Estava com medo de ir para a escola no dia seguinte.

— Posso ajudá-la? — perguntou uma senhora de rosto simpático, alguns centímetros mais baixa que eu, que sorria para mim enquanto eu olhava as velas.

Decidi mergulhar de cabeça.

— Hum... sim. Preciso de uma vela preta para o Samhain — falei.

— Sem dúvida — disse ela, dirigindo-se para a seção de velas pretas. — Sorte sua ainda termos algumas, as pessoas as compraram a semana toda.

Ela pegou dois modelos diferentes: o primeiro era grosso, de uns 30 centímetros de altura; o outro era fino e comprido, com cerca de uns 35 centímetros.

— Os dois seriam adequados — disse ela. — A mais grossa dura mais, embora a outra também seja muito elegante.

A mais grossa era muito mais cara.

— Hum... acho que vou levar... a mais grossa — falei. Eu pretendia dizer a mais fina, mas não foi o que saiu.

A mulher assentiu, compreensiva.

— Acho que esta vela quer ir para casa com você — sugeriu, como se fosse normal uma vela escolher seu dono. — É só isso que procura?

— Sim.

Eu a segui até o caixa, pensando em como ela não era nada assustadora e como eu gostava muito mais dela que do outro balconista.

— Se eu fosse levar flores para o Samhain, de que tipo deveriam ser? — perguntei a ela, um pouco envergonhada.

Ela sorria enquanto registrava minha compra.

— As que quisessem ser compradas por você — respondeu ela, animada. Em seguida olhou fundo nos meus olhos, como se procurasse alguma coisa. — Você é... — começou. — Você deve ser a garota sobre quem David me falou — disse ela, pensativa.

— Quem é David?

— O outro balconista — explicou a senhora. — Ele disse que uma bruxa jovem vinha aqui fingindo não ser bruxa. É você, não é? Você é amiga de Cal.

Eu estava impressionada.

— Hum... — murmurei.

Ela deu um sorriso largo.

— Sim, é você, está certo. É um grande prazer conhecê-la. Meu nome é Alyce. Sempre que precisar de algo, fale comigo. Você percorrerá um caminho difícil por um tempo.

— Como você sabe? — disparei.

Ela pareceu surpresa enquanto colocava minha vela numa bolsa.

— Simplesmente sei. Do mesmo modo que *você* sabe das coisas. Entende o que quero dizer.

Não falei nada. Peguei minha bolsa e praticamente saí correndo da loja, nervosa e fascinada na mesma medida.

Na segunda-feira de manhã, caminhei desafiadoramente até os bancos nos quais o grupo da Wicca estava reunido e me sentei, pondo minha mochila no chão, aos meus pés. Além de parecer surpresa por me ver, Bree me ignorou.

— Sentimos sua falta sábado à noite — disse Jenna.

— Bree disse que você não apareceria mais — emendou Ethan.

Pronto. As cartas estavam na mesa. Senti os olhos de Cal pousarem sobre mim.

— Não, eu vou aparecer, sim. Quero me tornar uma bruxa — deixei claro. — Sinto que é pra ser assim.

Jenna deu uma risadinha nervosa. Cal sorriu, e eu retribuí, ciente de como o maxilar de Bree se contraía.

— Que bom — disse Ethan. — Aí, chega pra lá — falou para Sharon, pressionando o joelho contra a coxa dela.

Com um suspiro sofrido, Sharon abriu espaço, e Ethan sorriu. Eu os observei, subitamente reconhecendo uma certa percepção entre os dois. Aquilo me deixou confusa: Sharon e Ethan? Poderiam estar interessados um no outro?

— O-ou, uma intrusa — provocou Matt, brincando, e Raven deu um sorriso forçado.

Tamara se aproximou.

— Oi — cumprimentei-a, verdadeiramente feliz em vê-la.

— Oi — disse ela, olhando para o grupo em volta. — Morgana, você fez todo o dever de casa de funções na semana passada? Não entendi o número três.

Tentei me lembrar.

— Sim, eu fiz. Quer dar uma olhada?

— Seria ótimo — disse ela.

Peguei minha mochila.

— Tudo bem. Vejo vocês mais tarde — falei para o grupo, depois segui com Tamara para a biblioteca. Pelos dez minutos seguintes trabalhamos no problema de matemática, Tamara e eu, e foi muito bom. Eu me sentia quase normal.

— Fico feliz que você vá ao Samhain — admitiu Cal.

Olhei para trás e vi que ele me seguia depois da aula de cálculo. Meu armário ficava ao lado do refeitório, e eu precisava pegar os livros para a aula de laboratório de química que acontecia às quartas-feiras.

Assenti e girei o cadeado, com a combinação certa.

— Tenho lido sobre isso. Estou ansiosa.

— Acho que você quer ser iniciada como estudante — declarou ele. — Você tem que decidir se quer fazer parte desse novo coven. — Linhas pequenas e muito finas se formaram em volta de seus olhos quando ele sorriu e se apoiou no armário ao lado do meu. — Sei que as coisas estão difíceis na sua casa.

Permiti-me olhar profundamente em seus olhos. Havia uma correnteza ali, e ela me puxava com força.

— Sim, quero ser iniciada — concordei. — Mesmo que você não seja um sumo-sacerdote. E, sim, quero fazer parte do seu novo coven. Tenho sofrido muito com tudo isso. Meus pais estão apavorados com a Wicca, não querem que eu faça parte, só que não posso mais deixar que eles decidam por mim. A cada dia que passa, tenho mais certeza do que quero.

— Dê a si mesma uma chance para pensar sobre isso — aconselhou-me Cal.

— Eu não penso em praticamente mais nada — admiti.

Ele sustentou meu olhar e assentiu.

— Vejo você na aula de física.

Cal saiu e me deixou ali, com uma sensação de palpitação no estômago.

Bree não era mais minha amiga, e isso me dava espaço para uma pergunta simples que eu vinha temendo fazer: Será que Cal me amava do jeito que eu o amava? Será que poderíamos ficar juntos?

— Depressa! Me dê a fita! — pediu Mary K., agitando as mãos. Ela estava em cima de uma escada, na sala de jantar.

Mamãe logo chegaria em casa, e nós estávamos decorando tudo para o aniversário dela.

— Espere — falei, enrolando os dois fios. — Aqui.

— Papai vai buscar a comida tailandesa? — perguntou, minha irmã, prendendo as fitas no lugar.

— Sim. E tia Eileen vai trazer a torta de sorvete.

— Hummm...

Dei um passo atrás. A sala de jantar parecia bastante festiva.

— O que é isso? — perguntou minha mãe, de pé à porta.

Mary K. e eu gritamos.

— O que você está fazendo em casa? — perguntei. — Ainda não terminamos!

Mary K. agitou os braços, falando:

— Xô! Vá lá para cima! Troque de roupa. Precisamos de mais dez minutos.

Minha mãe olhou em volta e riu.

— Vocês duas... — disse, então subiu para trocar de roupa.

O aniversário foi divertido, e nada deu errado. Ela abriu os presentes, feliz com o broche de nó celta que lhe dei; o CD, de Mary K.; os brincos, de papai; os dois livros, de Eileen. Não parecia a mesma pessoa que gritara comigo duas semanas antes. Enquanto ela cortava a torta, eu sorria, mas tinha um pressentimento ruim em relação ao que aconteceria no sábado. Naquela noite, entretanto, todos estávamos felizes.

Na quinta-feira, durante o tempo livre para estudos, eu me joguei numa cadeira da biblioteca para ler o capítulo sobre o Samhain em um dos meus livros. Tamara se aproximou e empurrou levemente o livro para trás, a fim de ler o título.

— Você ainda está participando disso? — perguntou baixinho, com um interesse amigável no rosto.

Assenti.

— É mesmo muito legal — falei, sabendo que aquelas não eram as palavras certas. — Temos feito círculos todas as semanas, embora eu não tenha conseguido ir a muitos.

— Do que se trata? — questionou ela. — O que Cal quer com isso?

Hesitei antes de responder.

— Ele quer encontrar pessoas que estejam interessadas em fundar um novo coven.

— Coven soa muito assustador — comentou ela, de olhos arregalados.

— Talvez — admiti. — Mas é só por causa da... publicidade negativa. Não tem absolutamente nada de assustador. O coven de Cal vai ser mais como um... grupo de estudos.

Tamara assentiu, dando a impressão de que não sabia o que dizer.

— Quer ir ao cinema amanhã à noite? — sugeri, de repente.

Um sorriso largo surgiu em seu rosto.

— Seria ótimo. Posso convidar Janice também?

— Claro. Vamos ver o que está passando no Meadowlark — falei.

— Legal — disse Tamara. — Até mais. Boa leitura.

Sorri, sentindo o coração leve enquanto ela se sentava do outro lado da biblioteca.

Um instante depois, sem aviso, Bree deixou-se cair na cadeira ao lado da minha. Fiquei tensa.

— Relaxa — disse ela. — Só queria dizer que a primeira fase do projeto Bree e Cal está concluída. Preciso de um pouco mais de tempo, e então você poderá ir a todos os círculos que quiser.

Olhei-a fixamente.

— Do que você está falando?

— Ele cedeu — explicou ela, contente. — Ele é meu. Apenas me dê mais algumas semanas para solidificar a relação, e tudo isso ficará para trás.

— Você só pode estar brincando — falei, endireitando-me na cadeira. — Isso *nunca* vai ficar para trás. Não entende? Você colocou um cara acima da nossa amizade. Nem sei por que está falando comigo agora. — Olhei para seu rosto bonito, que já me fora tão familiar quanto o meu próprio.

— Estou falando com você para pedir que pare de exagerar. — Ela bateu com suas botas no chão e deu um tapinha de leve em meu joelho. — Nós duas dissemos coisas que não queríamos, mas vamos superar isso. Sempre superamos. Tudo o que preciso é de um pouco mais de tempo com Cal.

Balancei a cabeça. Eu só queria que ela saísse dali.

— Você sabe do que estou falando — disse ela, baixinho, observando meu rosto. — Cal e eu finalmente fomos para a cama. Portanto, estamos namorando. Em algumas semanas, seremos um casal estável. Daí você poderá voltar aos círculos.

Senti uma dor aguda no peito, o que me assustou. Engoli em seco e esfreguei a blusa no espaço entre meus seios quase inexistentes. Dezenas de imagens de Bree e Cal entrelaçados na cama dele, com velas acesas ao redor, passaram por minha cabeça, deixando-a machucada e dolorida. Ah, Deus.

— Que bom para vocês — consegui dizer, contente com a estabilidade da minha voz. — Mas não me importa se você está dormindo com todo mundo do círculo. Não pode me dizer o que fazer. Irei ao Samhain. — A raiva alimentava as palavras que saíam de minha boca. — Sabe, Bree, a diferença entre nós duas é que eu realmente estou interessada em me tornar uma bruxa. Não estou apenas fingindo para seduzir um garoto bonitinho.

— Quando você se tornou tão babaca? — perguntou ela.

Dei de ombros e respondi:

— Talvez tenha andado com você por tempo demais.

Ela se levantou da cadeia e se afastou de um jeito tão feminino e gracioso que me senti uma rocha sentada ali.

É verdade o que dizem: há uma linha tênue entre o amor e o ódio.

22

O que eu sou

"Cuidado com o ano-novo das bruxas, sua noite de ritos pagãos. É na véspera do Dia de Todos os Santos. Nesse dia, a linha entre este mundo e o próximo fica fina, fácil de se romper."

— BRUXAS, MAGOS E FEITICEIRAS,
Altus Polydarmus, 1618

Esta noite vou a um círculo, e nada vai me impedir. Vou me declarar estudante do novo coven de Cal. Sei que minha vida vai mudar hoje à noite. Sinto isso claramente.

— Cadê a Bree? — perguntou minha mãe enquanto Mary K. e eu vestíamos nossas fantasias.

Iríamos à festa de Halloween da escola, uma vez que havíamos admitido que já estávamos grandes demais para pedir doces de porta em porta. Mal passava das 19 horas e nossa varanda já havia sido invadida por pequenos piratas, diabos, princesas, noivas, monstros e, sim, bruxas.

— É, boa pergunta — disse Mary K., desenhando uma cicatriz de Frankenstein no rosto. — Não a vi a semana toda.

— Ela está ocupada — falei, de modo casual, escovando o cabelo. — Namorado novo.

Minha mãe riu e comentou:

— Bree sem dúvida tem uma vida social agitada.

É um jeito de ver as coisas, pensei sarcasticamente.

Mary K. lançou um olhar crítico para minha roupa.

— Só isso?

— Não consegui escolher — confessei. Estava vestida como eu mesma. Eu, toda de preto. Mas, ainda assim, eu.

— Pelo amor de Deus, vamos ao menos pintar seu rosto — falou mamãe.

Elas desenharam uma margarida na minha cara. E, como eu estava de jeans e blusa pretos, fiquei parecendo uma flor com o caule seco. Mas não importava. Mary K. e eu fomos para a escola e dançamos ao som de uma banda local muito ruim chamada The Ruffians. Alguém havia batizado o ponche, mas é claro que os professores logo descobriram e derramaram a bebida toda no estacionamento. Não havia ninguém do círculo lá, mas encontrei Tamara e Janice e dancei com Mary K., com Bakker e com alguns garotos das minhas várias turmas de matemática e ciências. Foi divertido. Não maravilhoso, mas divertido.

Voltamos para casa por volta das 23h15. Meus pais e Mary K. foram dormir, e eu arrumei alguns travesseiros na cama para simular um corpo antes de lavar o rosto e escapar para o ar frio da noite.

Bree e eu já havíamos saído escondidas antes para fazer coisas bobas, como ir à loja de conveniência comprar rosquinhas ou algo assim. Sempre parecera uma situação tão alegre, como um rito de passagem.

Nessa noite, a lua brilhava firme como um holofote, o vento frio de outubro gelava até os ossos, e eu me sentia muito só e confusa. Enquanto eu caminhava furtivamente em direção à garagem, a abóbora que decorava nossa varanda se apagou. Sem a luz alegre da vela, parecia meio sinistra e ameaçadora. Pagã, antiga e mais poderosa do que você pensaria que uma abóbora entalhada poderia ser.

Inspirei o ar noturno por um momento, olhando à minha volta em busca de movimento. Tive a ideia de fazer um teste: pôr meus sentidos à prova; como se eles pudessem captar sinais, como uma antena de TV ou uma parabólica. Fechei os olhos por um minuto e fiquei escutando. Ouvi — quase senti — folhas secas flutuando até o chão. Ouvi os esquilos guinchando freneticamente. Senti a brisa carregar a umidade do rio. Mas meus sentidos não captaram nenhum movimento de parentes ou vizinhos. Tudo estava quieto na minha rua. Por enquanto, eu estava a salvo.

Meu carro pesa uma tonelada, e foi difícil empurrá-lo sozinha pela entrada da garagem, tentando manobrar e precisando pular para dentro e pisar no freio. Rezei para que bêbados não surgissem da esquina cantando pneu e destruíssem meu carro. Fechei os olhos de novo, pensando na minha casa, e senti as pessoas dormindo tranquilamente, com a respiração profunda, sem saber que eu tinha saído.

Por fim, meu carro estava na rua, virado para a frente e mais fácil de empurrar e controlar. Levei-o desse jeito até a casa dos Herndorn, com sua nova rampa de acesso para a cadeira de rodas do Sr. Herndorn. Então entrei e liguei o motor, pensando nos bancos aquecidos de Brisa. Em minhas mãos, Das Boot parecia um animal vivo, rugindo, animado para devorar a estrada sob suas rodas. Seguimos para a escuridão.

Estacionei debaixo do grande salgueiro no campo, do outro lado das plantações de milho. O fusca vermelho de Robbie estava lá, assim como a picape de Matt. Eu já tinha visto os carros de Bree e de Raven do outro lado da estrada. Sentindo-me nervosa, saltei de Das Boot e dei a volta até o porta-malas. Olhava constantemente por cima do ombro, como se esperasse que Bree, ou alguém pior, surgisse das sombras e me atacasse. Peguei rapidamente as flores, as frutas e a vela e segui para os milharais.

Mesmo nesse momento, ainda me sentia insegura, apesar de tudo o que dissera a Bree e aos outros sobre me tornar uma bruxa. Tudo em meu coração me dizia para ir em frente e mergulhar de cabeça na Wicca, mas minha mente ainda estava juntando informações. E meu coração estava mais frágil que nunca, sensível por causa da briga com Bree, por pensar nela com Cal, por esconder tudo isso dos meus pais. Eu estava realmente dividida, e, à beira dos milharais, quase larguei tudo, me virei e voltei correndo para Das Boot.

Então ouvi o som da música celta flutuando em minha direção sob a brisa; uma tranquilizante canção que parecia me dar as boas-vindas e me prometer paz e tranquilidade. Enfiei-me entre o milho alto, que haviam deixado secar até a haste. Não me ocorreu pensar para onde estava indo ou como sabia onde encontrar os outros. Simplesmente fui e, depois de cruzar o mar dourado e crepitante, encontrei-me numa clareira, onde o círculo esperava por mim.

— Morgana! — disse Jenna alegre, estendendo as mãos para mim. Ela estava radiante, e seu rosto, normalmente bonito, estava lindo à luz da lua.

— Oi — falei, sem graça.

Nós nove ficamos ali, olhando uns para os outros. Para mim, era como se houvéssemos nos reunido para começar uma jornada juntos, como se fôssemos escalar o Everest. Mesmo que alguns de nós não chegassem ao topo, ao menos estávamos juntos no começo. De repente, aquelas pessoas me pareceram completos desconhecidos. Robbie estava distante e recentemente se tornara bonito; não era mais o nerd da matemática que eu conhecia havia tanto tempo. Bree era uma estátua fria e adorável da melhor amiga que eu tivera um dia. Aos outros, eu nunca fora muito ligada. O que eu estava fazendo?

Os músculos das minhas pernas ficaram tensos, prontos para fugir, então Cal se aproximou, e eu fiquei presa onde estava, como se houvesse criado raízes.

Sem defesas, sorri para Jenna, Robbie e Matt.

— Onde ponho isto? — perguntei, mostrando as coisas que levara.

— No altar — disse Cal, chegando mais perto. Seus olhos encontraram os meus por um segundo interminável, suspenso no tempo. — Estou feliz que tenha vindo.

Olhei para ele de um jeito estúpido por uma fração de segundo — tempo suficiente para me lembrar de que ele estava com Bree e do que ela havia me contado —, então assenti depressa.

— Onde é o altar?

— Por aqui. E feliz Samhain para todos — desejou Cal, fazendo um gesto para que o seguíssemos através do milho.

O luar iluminou seus cabelos brilhosos, fazendo com que cintilassem e o deixasse parecendo realmente o deus pagão da floresta sobre o qual eu havia lido. Você pertence a Bree agora?, perguntei a ele, em silêncio.

Depois que passamos pelos milharais, havia uma ampla encosta gramada descrevendo uma descida suave. Na primavera, devia ficar coberta de flores, mas agora estava marrom, e era suave sob nossos pés. No fim do declive, havia um córrego pequeno e gelado, de águas claras como as da chuva, correndo rapidamente sobre pedras cinza e verdes. Nós o atravessamos com facilidade. Cal foi na frente e ajudou todos os outros. Sua mão era quente e firme em volta da minha.

Desde que eu chegara, vinha observando Cal e Bree pelo canto do olho. Era impossível fingir que não sabia que eles tinham transado. Ainda assim, pelo menos essa noite, ele parecia o mesmo de antes. Meio frio e distante, não parecendo dar nenhuma atenção especial a Bree. Eles não pareciam um casal, como Jenna e Matt. Bree parecia nervosa e, o que era pior, mais amiga de Raven e de Beth.

Depois do córrego, o solo passava a ser tomado por uma fileira de árvores antigas, de cascas nodosas, enormes raízes espalhadas e galhos tão grandes quanto barris. Sob as árvores, a escuridão era quase impenetrável, embora eu enxergasse claramente e não tivesse dificuldade para encontrar o caminho.

Depois que passamos pelas árvores, chegamos a um velho cemitério.

Vi Robbie piscando. Raven e Beth trocaram sorrisos satisfeitos, e Jenna segurou a mão de Matt. Ethan bufou, mas chegou mais perto de Sharon quando ela se mostrou insegura. Eu sabia que Bree estava confusa, mas só porque podia decifrar cada nuance de sua expressão.

— Este é um antigo cemitério metodista — falou Cal, descuidadamente apoiando a mão numa lápide esculpida em forma de cruz. — Cemitérios são ótimos lugares para se celebrar o Samhain. Nesta noite, honramos aqueles que morreram antes de nós e reconhecemos que um dia também voltaremos ao pó, para depois renascermos.

Cal se virou e nos guiou por uma fileira de lápides até o que parecia ser um grande sarcófago elevado. Uma pedra enorme e antiga, cheia de limo e de manchas decorrentes das centenas de anos exposta à chuva, ao frio e ao vento, cobria uma caixa de granito. Mesmo com o brilho do luar, era impossível ler o que estava gravado ali.

— Este será nosso altar esta noite — anunciou Cal, abaixando-se e abrindo uma mochila de acampamento. Ele entregou um pano a Sharon e pediu: — Importa-se de estender isso, por favor?

Sharon pegou o pano e o abriu cuidadosamente sobre o sarcófago. Cal deu dois grandes candelabros de latão a Ethan, que os colocou sobre o altar.

— Jenna, Robbie, vocês podem arrumar as frutas e as outras coisas? — pediu Cal.

Eles recolheram o que tínhamos levado, e Jenna dispôs tudo na mesa de modo artístico, dando um efeito de cornucópia. Havia maçãs, abóboras, uma moranga e uma tigela de nozes que Bree levara.

Peguei minhas flores, assim como as de Jenna e Sharon, e as acomodei em vasos de vidro dos dois lados do altar. Beth pegou alguns ramos de folhas secas e os dispôs atrás da comida. Raven recolheu as velas que todos levaram, inclusive a minha preta, e as prendeu no sarcófago, pingando gotas de cera de uma vela já acesa e as pressionando por cima. Matt acendeu as outras velas, uma a uma. Quase não ventava ali, e as chamas praticamente não bruxuleavam em meio à noite. Depois que as velas foram acesas, o lugar ficou um pouco mais assustador. Eu gostava da ideia de poder me esconder no escuro e, com a luz das velas refletindo em meu rosto, sentia-me exposta e vulnerável.

— Agora, reúnam-se todos aqui no centro — instruiu-nos Cal. — Jenna, Raven, vocês gostariam de desenhar o círculo e purificá-lo?

Senti ciúmes por ele tê-las escolhido; provavelmente todos nós sentimos. Cal observou as duas garotas pacientemente, pronto para ajudá-las se fosse necessário. Mas elas trabalharam juntas e com cuidado, e logo o círculo estava pronto e purificado com água, ar, fogo e terra.

Agora que eu estava novamente num círculo, sentia-me exultante e ansiosa. As únicas coisas que prejudicavam meu bom humor eram o ressentimento de Bree e o ar de superioridade de Raven. Tentei ignorá-las, focar apenas na mágicka, na minha mágicka, e me abrir para as percepções de quaisquer fontes além dos meus cinco sentidos.

— Nosso círculo está pronto — disse Jenna, com um respeito evidente na voz. Todos demos alguns passos para trás e nos posicionamos nos limites da linha traçada. Certifiquei-me de ficar entre Matt e Robbie, duas energias positivas que não iriam me distrair nem me aborrecer.

Cal pegou uma pequena garrafa e tirou a rolha que a tampava. Caminhando pelo círculo em sentido horário, ele molhava seu dedo no líquido e desenhava em nossas testas um pentáculo, uma estrela de cinco pontas inscrita num círculo.

— O que é isso? — perguntei, a única a falar.

Cal deu um sorriso frouxo.

— Água salgada. — Ele desenhou o pentáculo na minha testa. Os pontos por onde ele deslizava seu dedo, molhado e brando, ficavam mornos, como se brilhassem de poder.

Quando terminou, Cal assumiu seu lugar no círculo.

— Esta noite, estamos aqui para formar um novo coven — falou. — Nós nos reunimos para celebrar a Deusa e o Deus, para celebrar a natureza, para explorar, criar e adorar a mágicka, e para explorar os poderes mágickos tanto dentro quanto fora de nós mesmos.

Quando houve outro momento de silêncio, ouvi-me dizer:

— Abençoado seja.

Os outros repetiram, e Cal sorriu.

— Qualquer um que não queira participar deste coven, por favor, rompa o círculo agora mesmo — disse ele.

Ninguém se moveu.

— Sejam bem-vindos — continuou. — Um feliz encontro, e abençoado seja. Como nos juntamos, assim seremos. Nós dez encontramos nosso porto, aqui no coven Cirrus.

Cirrus?, pensei. Era um bom nome.

— Vocês nove agora serão iniciados como noviços, estudantes deste coven — explicou ele. — Vou ensinar a vocês o que sei, e então, juntos, poderemos procurar novos professores para nos levar adiante em nossa jornada.

Até então, eu só ouvira a palavra *noviços* ser usada para se referir a padres e freiras. Troquei meu pé de apoio, sentindo o solo denso e suave sob mim. Acima, a lua estava alta e muito branca, enorme. De vez em quando ouvíamos o som de um carro ou de bombinhas. Mas, naquele lugar, no nosso círculo, havia um silêncio profundo, vigilante, quebrado apenas pelos ruídos noturnos dos animais, o bater das asas dos morcegos e corujas, o fluxo do córrego que, vez ou outra, se fazia ouvir.

Dentro de mim, eu sentia uma profunda quietude. Como se fossem postos para dormir um a um, meus medos e minhas incertezas silenciaram. Meus sentidos estavam em alerta total, e eu me sentia incrivelmente viva. As velas, a respiração das pessoas que estavam comigo, o aroma das flores e das frutas, tudo se combinava para criar uma profunda e maravilhosa conexão com a natureza, com a Deusa que está em todos os lugares à nossa volta.

Na tigela de terra que ficava na posição norte do círculo, Cal acendeu um incenso, e logo estávamos cercados pelos cheiros reconfortantes de canela e noz-moscada. Demos as mãos. Diferentemente das outras duas vezes que eu participara de um círculo, nessa noite eu não antecipava nem temia o que pudesse acontecer. Apenas mantinha minha mente aberta.

As mãos de Matt e de Robbie eram maiores que as minhas. A de Matt, fina e suave; a de Robbie, maior que a de Cal. Olhei para o rosto de Robbie. Estava liso e sem marcas. Eu tinha feito aquilo e, dentro de mim, reconheci meu poder e tive orgulho dele.

Cal começou a cantar enquanto girávamos em sentido horário.

"Esta noite nos despedimos do Deus,
Que para o Subterrâneo irá
Por agora sua vida acabou,
Mas, com o sol da primavera, renascerá.

Dançamos sob o brilho da lua cheia
E entoaremos nove vezes esta canção.
Dançamos para deixar o amor fluir
Para que a Deusa cure-se da dor de seu coração."

Enquanto dançávamos em torno do círculo, cantamos nove vezes; eu contei. Quanto mais estudava a Wicca, mais percebia que os bruxos teciam simbolismos em absolutamente tudo: plantas, números, dias da semana, cores, estações do ano, até mesmo em tecidos, comida e flores. Tudo tem um significado. Minha tarefa como estudante era descobrir esses simbolismos, aprender o máximo que pudesse sobre a natureza que me cercava e me fundir com esse padrão de mágicka.

Enquanto cantávamos, eu pensava no final, quando jogaríamos os braços para o alto a fim de liberar nossa energia. Mais uma vez, fiquei preocupada ao me lembrar da dor e da náusea que eu sentira antes. Minha fachada de certeza começou a ruir, tomada pelas raízes do medo. Meu poder parecia assustador.

De repente, enquanto rodávamos, cantando e misturando nossas vozes, percebi que meu *medo* me causaria dor se eu não me libertasse dele imediatamente. Respirei profundamente, sentindo o cântico sair de minha garganta, cercada pelo coven, e tentei expulsar o medo, banir as limitações.

Os rostos não passavam de borrões. Eu me sentia fora de controle. Eu quero banir o medo! As palavras da canção se modularam até se transformar num som puro e ritmado, subindo, descendo e girando em volta de mim. Eu respirava com dificuldade, e meu rosto estava quente e úmido de suor. Queria tirar o casaco, jogar os sapatos para longe. Eu precisava parar. Precisava banir o medo.

Com uma última explosão de som, nosso círculo parou, e jogamos os braços para o céu. Senti uma onda de energia se agitar em volta de mim. Minha mão agarrou o ar, e levei o punho até o peito, pegando um pouco de energia para mim. Eu vou banir o medo, pensei, e a noite explodiu à minha volta.

Eu estava dançando no ar, cercada de estrelas, vendo partículas de energia passar por mim zunindo, como se fossem cometas microscópicos. Eu podia ver o universo inteiro; tudo de uma vez, cada partícula, cada sorriso, cada inseto, cada grão de areia me foram revelados, e tudo era infinitamente lindo.

Quando respirei, aspirei a verdadeira essência da vida e expirei uma luz branca. Era lindo, mais do que lindo; mas eu não tinha palavras para expressar isso nem para mim mesma. Entendi tudo. Entendi meu lugar no universo. Entendi que caminho deveria seguir.

Então sorri, pisquei e expirei novamente, e me vi de volta ao cemitério escuro, com nove colegas da escola e com lágrimas rolando pelo meu rosto.

— Você está bem? — perguntou Robbie, preocupado, aproximando-se de mim.

A princípio, parecia que ele estava falando grego, mas então entendi o que ele dizia e assenti.

— Foi tão lindo — falei de um jeito bobo, com a voz falhando.

Depois de minha visão, eu me sentia insuportavelmente diminuída. Estendi o dedo para o rosto de Robbie, deixando uma linha cor-de-rosa onde havia tocado. Ele esfregou a bochecha, confuso.

Os vasos de flores estavam no altar, e eu caminhei na direção deles, hipnotizada por sua beleza e, ao mesmo tempo, pela tristeza da morte das flores. Toquei um botão, e ele se abriu na minha mão, florescendo na morte, como não pudera fazer em vida. Ouvi Raven sobressaltar-se, e notei que Bree, Beth e Matt se afastaram de mim.

Então Cal estava ao meu lado.

— Pare de tocar nas coisas — disse ele, baixinho, sorrindo. — Deite-se no chão para aterrar a energia.

Ele me guiou para um espaço aberto dentro de nosso círculo, e eu me deitei de costas, deixando a energia fluir em direção à vida pulsante da terra e começando a me sentir um pouco mais normal. Minhas percepções tomaram foco, e vi o coven claramente; voltei a ver as velas, as estrelas e as frutas como elas realmente eram, e não como bolhas pulsantes de energia.

— O que está havendo comigo? — sussurrei.

Cal sentou-se atrás de mim de pernas cruzadas, levantou minha cabeça e a acomodou em seu colo, acariciando meu cabelo, espalhado sobre as pernas dele. Robbie ajoelhou-se ao lado de Cal. Ethan, Beth e Sharon nos cercaram de perto, espiando por cima dos ombros dele como se eu fosse uma peça de museu. Jenna abraçava Matt pela cintura, como se estivesse assustada. Raven e Bree estavam mais afastadas; minha ex-melhor amiga observava tudo com os olhos arregalados e um ar solene.

— Você fez mágicka — disse Cal, encarando-me com aqueles olhos dourados e infinitos. — Você é uma bruxa de sangue.

Meus olhos se abriram ainda mais quando o rosto dele aos poucos fez a lua desaparecer da minha vista. Com os olhos profundamente cravados nos meus, ele tocou minha boca com a dele e, com um certo choque, percebi que Cal estava me beijando. Meus braços estavam pesados quando os ergui para envolver seu pescoço, então retribuí o beijo. Estávamos unidos, e a mágicka explodia à nossa volta.

Naquele momento de absoluta felicidade, não questionei o que o fato de eu ser uma bruxa de sangue significava para mim ou para minha família, nem o que o fato de Cal e eu estarmos juntos representava para Bree, para Raven ou para quem quer que fosse. Esta seria minha primeira lição sobre mágicka, e seria difícil de aprender: ver o cenário completo, não apenas parte dele.

Este livro foi composto na tipologia
Minion Pro Regular, em corpo 12/16, e impresso
em papel off-white no Sistema Cameron da
Divisão Gráfica da Distribuidora Record.